Wiedersehen mit Pit

Schau ich in die Augen dir
Liegt eine andre Welt vor mir!

M. S. Dueschamm

***

Herstellung und Verlag: BoD- Books on Demand,
Norderstedt
C 2018 by Klaus-Jürgen Mausi Sparfeld

ISBN 9783752833607

Titelfotos: Mausi Sparfeld
Foto Rückseite: Marion Sparfeld

Klaus-Jürgen Sparfeld

Wiedersehen mit Pit

***

Roman

Elftes Kapitel

„Nein! Das ist nicht wahr, oder?" Conny zappelte auf ihrem Stuhl hin und her wie ein Hering auf dem Trockenen. Dabei preßte sie die Hand mit dem Telefonhörer so fest an ihr Ohr, daß man befürchten mußte, er würde auf der anderen Seite wieder herauskommen. „Ehrlich? – Nein, das glaube ich nicht – Kein Scherz? – Das mußt du mir unbedingt erzählen – Klar, sofort, wann denn sonst?"

„Hmm! Das ist jetzt aber…" Connys Vater runzelte seine Stirn.

„Du, warte einen Moment, mein Vater will was!" Conny schaute ihren Vater an, der neben seiner Frau auf der anderen Seite des Frühstückstisches saß. Sie ahnte, was er ihr sagen wollte und ohne, daß er es aussprechen mußte, sagte sie in den Hörer: „Ja, ich komme, aber etwas später – nein, wir frühstücken noch – ja, bis gleich!" Dann legte sie auf und kehrte an ihren Platz zurück.

„Hatten wir uns nicht darauf geeinigt: Keine Telefonate beim Frühstück. Ist es denn zu viel verlangt, wenn man einmal in der Woche in Ruhe eine Stunde mit seiner Familie verbringen will?"

„Nein, Paps, natürlich nicht – aber, wenn es doch nun mal klingelt und - tut mir leid, ehrlich", sagte Conny und schaute ihren Vater dabei mit dem unschuldigsten Blick an, den sie machen konnte. Sie wußte, daß das immer wirkte und er nicht lange auf sie böse sein konnte.

„Nun geh schon", sagte er kurz.

„Aber Walter", meldete sich jetzt Connys Mutter zu Wort, „daß das Kind immer seinen Willen bekommen muß!"

„Inge, wir waren doch auch mal jung, aber…", er machte eine bedeutsame Pause und zwinkerte seiner Tochter zu, „…daß mir das nicht noch einmal vorkommt. Beim nächsten Mal kommst du mir nicht mehr so davon, da hat deine Mutter ganz recht!"

„Ja, Paps", sagte Conny und versuchte dabei, einen möglichst betretenen Gesichtsausdruck zu machen, „es war bestimmt das letzte Mal!"

Dann sprang sie auf und drückte ihrem Vater im Hinauseilen noch einen dicken Kuß auf die Wange.

„Walter, du verwöhnst sie zu sehr!"

„Ja, mein Schatz, ich weiß", sagte Walter und legte seinen Arm um seine Frau, „wie kann ich das wieder gut machen?"

„Ach, da wüßte ich schon ein paar Dinge", sagte Inge und kuschelte sich an ihren Mann, „zuweilen ist es doch ganz gut, wenn das Kind nicht im Hause ist!"

„Du sagst es, mein Schatz, du sagst es!"

Petra legte den Hörer ihres Telefons auf die Gabel und starrte ihre Zimmerdecke an. Sie lag ausgestreckt rücklings auf ihrem Bett. Ja, sie würde ihn wiedersehen. Bald, sehr bald. Seit einer halben Stunde war es sicher. Sie hatte sofort Conny und Karin angerufen, nachdem ihre Mutter es ihr erzählt hatte, kurz vor dem Frühstück. Heute war Samstag. Noch zweieinhalb Wochen bis zu den Ferien. Zweieinhalb ewige Wochen. Dann nochmal fünf Tage, bis es los ging und dann elf Tage, bis er kam. Er, Olaf. Ja, sie würde ihn wiedersehen. Nichts wünschte sie sich so sehr und vor nichts hatte sie mehr Angst.

Seit ihrem letzten Zusammensein in jener Nacht auf jenem schwedischen Campingplatz war ein Jahr vergangen. Sie war ein Jahr älter – Olaf auch. In diesem Alter veränderte man sich dauernd, das hatte sie gelesen und das hatte sie auch an sich selbst gemerkt; an ihrem Körper, an ihrem Verhalten. Und, wenn es bei ihr so war, dann mußte es bei Olaf genauso sein. Davor hatte sie Angst, große Angst. Es hatte lange gedauert, bis sie sich geschrieben hatten nach jener Nacht und noch länger, daß sie miteinander gesprochen hatten am Telefon. Ja, am Anfang war ein gewisser Abstand zwischen ihnen, eine gewisse Ferne, die nicht auf die räumliche Entfernung zurück zu führen war. Das gab sich dann zwar und sie hatte mit der Zeit das Gefühl, daß alles wieder so war, wie es an jenem See gewesen war auf jenem Campingplatz. Aber, was waren Briefe und Telefonate? Schreiben ließ sich so ziemlich alles und auch am Telefon konnte man den anderen nicht sehen. Natürlich hatten sie sich auch persönliche Dinge erzählt, von ihren Freunden, von dem, was sie taten. Beide hatten immer wieder ihre Gefühle für den anderen betont. Aber Petra hatte es auch peinlichst vermieden, nach bestimmten Dingen zu genau zu fragen und sie wußte, daß auch Olaf dies getan hatte. Sie hatte ihn nicht belogen, nein, aber sie hatte nicht immer alles erzählt und sie mußte davon ausgehen, daß es bei ihm genauso war. Alles andere wäre Augenwischerei. Sie lebten in der Erinnerung an die Zeit am See und sie vermieden es, diese Erinnerung durch irgendetwas aus der Gegenwart zu zerstören. Das war ihnen hervorragend gelungen, aber es funktionierte nur so lange, wie sie in Berlin und er in

Bochum war. Es würde nicht mehr funktionieren, wenn sie sich gegenüberstanden. Das war der Moment, den sie am meisten fürchtete, der Moment, in dem ihre ganze Erinnerung zerplatzen konnte wie eine Seifenblase. Der Moment, wo die Erinnerung eingeholt wurde von der Realität; der Moment, wo sie aus einem schönen Traum erwachte und in die Gegenwart geschleudert wurde.

Noch war alles möglich und vielleicht wäre es besser, wenn sie diesen Zustand zu erhalten versucht hätte und auf ein Wiedersehen verzichtete. Dieses umso mehr, da es jene letzte Nacht auf dem schwedischen Campingplatz gegeben hatte, an die sie immer und immer wieder denken mußte...

„Pit? Kommst du!"

„Ja, Conny, gleich, bin sofort fertig, nur noch einen Moment. Geh´ nur schon vor!"

„Gut, aber laß dir nicht zu viel Zeit, wir fahren in zehn Minuten!"

„Ja, ich weiß!" Sie wußte es nur zu gut. Das war es ja gerade. Sie schaute nervös über den Platz. Wo war er? Sie wollten sich hier treffen, bevor sie abfuhr, zurück nach Berlin. Ihre Reise war zu Ende. Zu Ende, jetzt, wo sie hätte richtig beginnen sollen. Sie hatten gerade mal eine Woche gehabt zusammen, mehr nicht. Petra schaute auf ihre Uhr. Es half nichts, sie mußte zum Bus. Wenn sie zu spät kam, würde es Ärger geben. Langsam bewegte sie sich in die Richtung, wo der Bus wartete. Dabei schaute sie sich immer wieder um. Aber, es war kein Olaf zu sehen. In ihrem Kopf wirbelten die Gedanken durcheinander: Warum war er nicht gekommen? War sie zu weit gegangen in der letzten

Nacht? Oder, nicht weit genug? Wollte er sie nicht wiedersehen? Oder, war etwas dazwischen gekommen – dann hätte er sich doch aber irgendwie bemerkbar machen können, eine Nachricht wenigstens, er wußte, wo ihr Zimmer war!

Sie hatte den Bus erreicht. Olaf war nicht da. Ihre letzte Hoffnung versank wie ein Schiff im Meer. Bis zuletzt hatte sie gehofft, daß er hier auf sie warten würde.

„Warum kommt er nicht?" sagte sie und eine Spur von Verzweiflung lag in ihrer Stimme.

„Steig endlich ein, du Trauerkloß!" rief Conny.

„Ja, Kerle sind eben…"

„Ach, halt den Mund, Karin!" Petra schob sie zur Seite und stieg in den Bus. Sie schaute noch aus dem Fenster, als der Bus den Platz schon lange hinter sich gelassen hatte und ihre Augen suchten den, den sie nicht fanden. „Kerle…" sagte sie und wischte sich eine Träne aus den Augen. Ihre Gedanken gingen auf Wanderschaft, während der Bus durch die endlosen Wälder rollte. Sie dachte an den letzten Abend…

Wieder hatte sie sich aus der Unterkunft gestohlen und sie war runter zu dem Steg, zu ihrem Steg, wo Olaf schon auf sie wartete.

„Da bist du ja!" sagte er und strahlte sie an.

„Ja, da bin ich", antwortete sie und eine Spur von Traurigkeit lag in ihrer Stimme.

„Was ist?"

„Ach, nichts…"

„Nichts?" Olaf nahm seine Hand und hob ihr Kinn, so daß sie ihn ansehen mußte. Er sah, daß ihre Augen feucht waren: „Ziemlich viel für Nichts!" sagte er und wischte die Träne mit seiner Hand von ihrer Wange.

„Wir fahren morgen", sagte sie und jetzt liefen ihr die

Tränen über ihre Wangen.

„Ich – ich weiß", sagte Olaf und bemühte sich, seine Gefühle im Zaum zu halten. Zärtlich strich er dabei mit seiner linken Hand über ihre rechte Wange.

„Wir hatten – so – wenig – wenig Zeit!" schluchzte sie, „so wenig!" Sie vergrub ihr Gesicht in seiner Brust.

„Pit! Du bist noch da. Hier. Jetzt!" Er nahm ihren Kopf zwischen seine Hände und küßte sie auf die Stirn.

„Ach, Olaf!" Sie schlang die Arme um seinen Hals und drückte ihren Körper ganz fest gegen seinen.

„Pit!" Er hielt sie in seinen Armen und auch seine Augen waren nun nicht mehr trocken. „Wollen wir – ein Stück gehen?" sagte er nach einer Weile.

„Ja, laß uns zum Grillplatz!"

„Zum Grillplatz?"

„Ja, bitte…"

„Gut. Wie du willst."

Eng umschlungen gingen sie am Ufer des Sees entlang zu der Stelle, an der der Grillplatz lag.

„Weißt du noch", brach sie das Schweigen, „hier hast du mit dem kleinen dicken Jungen gegrillt vor nicht einmal einer Woche und es ist, als wenn es eine Ewigkeit her ist!"

„Ja, mit dem kleinen Dicken – der gar nicht dick ist!"

„Meinst du das im Ernst?"

„Natürlich – oder können diese Augen lügen?" Er sah sie an und verdrehte seine Augen in der Art, wie es Marty Feldman getan hatte.

„Du Idiot!" sagte sie und mußte lachen.

Sie hatten den Grillplatz erreicht. Es waren Stimmen zu hören.

„Da sind noch welche", sagte Olaf.

„Is mir egal. Hauptsache, du bist da!" Sie küßte ihn auf die Wange.

„Komm, laß uns hier…" Olaf zeigte auf eines der

Holzbretter, die überall auf dem Grillplatz verteilt waren und als Sitzplatz dienten. Sie setzten sich.

„Ich…", begann Petra.

„Mensch, ne, ihr hier!" Olaf und Petra fuhren hoch.

„Klasse, klasse, kommt doch rüber, wir sitzen da hinten, jau!" Vor ihm stand Tilo mit einer Grillzange in der Hand. „Ist ordentlich Stimmung und genug zu Essen da, auch für den…" er deutete auf Petra.

„Ach, Tilo, weißt du, eigentlich…" begann Olaf und fragte sich allmählich, was sein Freund da im Gesicht trug, wo er seine Augen hatte. Er hielt Petra scheinbar noch immer für einen Jungen.

„Mensch, sei kein Frosch! Ist echt genug da. Und klasse Stimmung, jau. Und: Torten, du glaubst es nicht, wenn du es nicht gesehen hast!" Tilo verdrehte seine Augen und hielt sich die Grillzange vorne zwischen seine Beine: „Die sind reif und warten nur darauf, gepflückt zu werden!" Er führte die entsprechende Bewegung mit der Grillzange durch. „Für dich und…", er schaute mitleidig auf Petra: „und, jau, auch für den finden wir eine! Ganz bestimmt! Ist ja schon etwas dunkel und da…" er zeigte auf Petra, „…na, eben…"

„Nee, Tilo, laß mal…"

„Mit dir ist aber auch nichts mehr anzufangen. Sag´ mal, willst du nicht wenigstens mit?" sagte er, an Petra gewandt.

„Zieh ab!" zischte Olaf.

„Ja, ja, schon gut, wer nicht will und so weiter – wenn ihr doch noch…" sagte er im Gehen und zeigte in die Richtung, in der die kleine Gruppe saß.

„Komm, wir gehen!" sagte Olaf, als sich Tilo entfernt hatte.

„Ja, aber – wohin?"

„Irgendwohin, nur weg von hier. Tilo ist so peinlich, ehrlich."

„Das ist es!" rief Petra erfreut.

„Was, daß er peinlich ist?" Olaf konnte ihrem Gedankengang nicht folgen. Er sah sie mit einem Ausdruck der Ratlosigkeit an.

„Das er hier ist, das ist es!" sagte sie begeistert.

„Ah, ja?"

„Na, wenn er hier ist, dann heißt das…"

„Heißt das – was?"

„Daß euer Zelt leer ist – oder?"

„Ja, das ist es."

„Dann könnten wir doch ins Zelt!"

„Wir ins Zelt?" wiederholte Olaf.

„In euer Zelt, ja."

„Na klar!" Olaf schlug sich die flache Hand gegen die Stirn. „Aber, meinst du?" Er sah sie fragend an.

„Wir waren schon einmal da, erinnerst du dich?"

„Ja", sagte er kurz. Natürlich erinnerte er sich. Wie hätte er diesen Moment vergessen sollen! Da wäre es beinahe passiert. Passiert, ehe es passiert war. Er zitterte etwas bei dem Gedanken, jetzt wieder mit ihr alleine an diesen Platz zurück zu kehren. Jetzt war es Nacht, jetzt war es ihr letzter gemeinsamer Abend. Er schüttelte sich.

„Ist dir kalt?" fragte Petra besorgt, „komm, es ist nicht weit. Im Zelt ist es wärmer!"

„Ja", sagte er und fügte in Gedanken hinzu: „Hoffentlich wird es nicht zu warm!"

Sie hatten das Zelt erreicht und Olaf folgte Petra hinein. Es war so hell, daß man kein Licht brauchte, um sich zu recht zu finden.

„Was machst du?" fragte Olaf überrascht, als er sah, daß Petra sich ihre Jeans ausziehen wollte.

„Es ist bequemer so, oder?" sagte sie.

„Ja, bequemer…" Er sah sie an, wie er sie beim

ersten Mal angesehen hatte. Da saß sie nun vor ihm, ihre ausgestreckten nackten Beine auf seinem Schlafsack. Dann zog sie auch ihren Pulli aus und dabei hob sich für einen Augenblick ihr T-Shirt und er sah ihre Hüfte und die Rundung ihres Bauches. Ihm wurde heiß. Petra zog an ihrem T-Shirt und schlüpfte in den Schlafsack.

„Kommst du?" sagte sie.

„Ich? Ja, ja..." Olaf zögerte einen Moment.

„Es ist kalt, komm endlich!" sie streckte ihm ihre Arme entgegen.

Er beugte sich zu ihr und sie zog an seinem Pullover. Dabei griff sie auch das T-Shirt und sein nackter Oberkörper spürte die Berührung ihrer Hände, die nun seine Hose öffneten.

„Warte", sagte er und streifte sie ab. Dann rutschte er zu Petra in das Innere seines Schlafsackes. Es war sehr eng, es war sehr warm und es war sehr schön. Ihre Körper wurden gegen einander gepreßt und er wagte es kaum, zu atmen. Er spürte ihre Brüste bei jedem ihrer Atemzüge. Und er spürte die nackte Haut ihrer Beine.

„Nanu?" sagte Petra und ihre Hand glitt blitzschnell zwischen seine Beine. Er wußte nicht, wie das bei dieser Enge möglich sein konnte, aber er spürte sie nun an einer Stelle seines Körpers, wo er sie besser nicht hatte spüren wollen.

„Petra – ich..."

„Ist schon gut..."

„Ich meine, das, das..."

„Das ist normal und ich wäre sehr enttäuscht, wenn es nicht so wäre!" Ihre Hand glitt unter seine Hose und umfaßte den Teil seines Körpers, den er gerade gleichzeitig liebte und haßte. Sie tat es mit einer Selbstverständlichkeit, daß er sich fragte, wie oft sie das wohl schon getan hatte. Ihre Hand bewegte sich langsam hin und her. Seine Hände krallten sich an ihr fest. Ihre Lippen preßten sich aufeinander und ihre Zungen tanzten. Seine Hände wanderten Petras Rücken nach unten und blieben auf ihrem Po liegen.

„Gefällt dir das?"

„Was?" stöhnte er.

„Das!" Sie drückte seine Hände mit ihrer freien Hand fest gegen sich.

„Ja, sehr – es gefällt mir sehr!"

„Und das?" Sie drückte mit ihrer anderen Hand fester zu.

„Das ist, das ist…" Er preßte sein Gesicht gegen ihre Brust. Dann stöhnte er laut auf und ein Gefühl der Glückseligkeit durchflutete ihn.

„Du kleines Ferkel!" sagte Petra und zog ihre Hand zurück. Dann öffnete sie langsam den Reißverschluß des Schlafsackes und rollte sich über ihn. Olaf wußte nicht, wie ihm geschah.

„Pit…" war das Einzige, was er herausbrachte. Dann spürte er ihre rhythmischen Bewegungen und schloß einfach die Augen.

„Nein, keine, keine Sorge – der isch nich da! Der isch unnerwegs mit sonem kleinen – isch ja auch eegal. Jedenfalls issa nich da!"

Etwas polterte gegen das Zelt. Petra glitt blitzschnell von Olaf und griff nach ihren Sachen. Olaf richtete sich auf, suchte nach seiner Hose und dem Pulli.

„Tilo", flüsterte er, „das ist Tilo!"

„Was will der denn hier?"

„Der? Na, ich denke…" Olaf ließ seine Hand langsam über Petras Seite streichen.

„Du meinst?"

„Was denn sonst! Du hast ihn vorhin gehört!"

„Was machen wir denn jetzt?"

„Gruppensex – was sonst!" Olaf grinste. Er sah das Entsetzen in Petras Gesicht: „Das war nur ein Spaß, nur ein Spaß."

„Brrr!" Petra schüttelte sich bei der Vorstellung.

„Paß auf, ich werde…"

„Wo is denn der blöde Reisver…" Tilo nestelte am Zelteingang. Er war nicht alleine.

Olaf hatte inzwischen einen Plan, den er nun umzusetzen begann. Er öffnete das Zelt und streckte erst den Kopf heraus, dem er seinen Körper folgen ließ.

„Was…", begann er und tat, als wenn Tilo ihn aus dem tiefsten Schlaf gerissen hätte. „Ach, du bist es!" sagte er mit Überraschung in der Stimme, „wolltest du nicht zum Konditor?"

„Wohin? Du redest Blösinn. Solltes nich soviel trinken! Was machs du überhaupt hier? Dass is nich gut, nich gut. Weisch du…" er deutete auf seine Begleitung, die er wie ein Gepäckstück unter seinen linken Arm geklemmt hatte und die noch weniger als er zu vertragen schien. Sie grinste Olaf nur blöd an, „das is – wie heischt du noch gleich?" Er schaute auf das Paket unter seinem Arm, das jetzt ihn in der gleichen Weise angrinste wie zuvor Olaf. „Isch ja auch eegal. Ich dachte, also isch wollte…" begann er erneut und deutete auf das Paket.

„Ist ja gut, ist ja gut!" sagte Olaf und kroch vollständig aus dem Zelt. Er stellte sich direkt vor seinen Freund und legte ihm die Hand auf die Schulter: „Ich habe schon verstanden. Ich mache dann noch einen kleinen Abendspaziergang, wenn es dir recht ist, dann kannst du dich dem Kuchen widmen!"

„Dasch is mir sowas von recht – aber was fasels du da immer vonn Kuchen und so?" lallte Tilo.

„Dann, viel Spaß!" sagte Olaf augenzwinkernd. Er

schaute zu Petra, die ein Stück weiter hinter dem Zelt stand. Sein Plan war aufgegangen. Während er sich mit Tilo unterhalten hatte, war sie unbemerkt hinter ihm aus dem Zelt geschlüpft.

„Sehr nett, sehr nett", lallte Tilo wieder, „komm…" Olaf sah noch, wie Tilo zu Boden sackte und mit seinem Paket vor dem Zelteingang liegen blieb. Dann entfernte er sich.

„Puh!" sagte er, als er Petra erreicht hatte, „nochmal gut gegangen, obwohl…"

„Obwohl was?"

„Na, der weiß morgen sowieso nicht mehr, was heute war. Bin gespannt, was er mir wieder erzählt, der tolle Hengst!"

„Apropos Hengst!" Petra, die sich inzwischen wieder angezogen hatte, näherte sich Olaf, der noch immer in Unterhosen da stand.

„Petra, bitte, nicht hier!" Olaf versuchte, sich aus ihrer Umklammerung zu lösen.

„Gut, dann zieh dich an und komm!" sagte sie und bewegte sich in Richtung See. Er folgte ihr, nachdem er sich angezogen hatte.

„Und, bereust du es?" fragte Petra. Sie saßen nebeneinander auf dem Steg und ihre Beine baumelten über dem See.

„Was?"

„Na, daß…"

„Daß Tilo gekommen ist?"

„Ja."

„Ich weiß nicht!"

„War es schön für dich?"

„Sehr schön, es war sehr schön – zu schön."

„Zu schön?"

„Es war so schön, daß es gefährlich war – verstehst

du?"

„Ich glaube." Sie schwiegen.

„Was wäre, wenn Tilo nicht gekommen wäre?" brach
er nach einer Weile das Schweigen.

„Aber, er ist gekommen!"

„Aber, wenn nicht!"

„Ich weiß es nicht, vielleicht..."

„Hättest du?"

„Ich glaube – ja. Und du?"

„Ehrlich?" Sie nickte. „Ich hätte nicht nein sagen
können. Nicht mehr", sagte Olaf und sah nach unten.
Sie schwiegen wieder.

„Und, tut es dir nun leid, daß, daß Tilo gekommen
ist?" Petra sah Olaf an.

„Hmm. Ja – und nein."

„Wie meinst du das?"

„Meinst du, wir sehen uns wieder?"

„Willst du mich denn wiedersehen?"

„Ich? Dich? Natürlich!"

„Dann sehen wir uns wieder." Sie strahlte.

„Dann – tut es mir nicht leid."

„Mir auch nicht", sie lächelte, „nur ein bißchen!"

„Nur ein bißchen!" wiederholte er und gab ihr einen
Knuff in die Seite.

„Ein großes Bißchen!" sagte sie und knuffte zurück.
Sie wußten beide, daß ihre Zeit hier endlich war. Sie
hatten es von Anfang an gewußt. Aber es hatte sie
nicht interessiert und es interessierte sie auch jetzt
nicht. Sie hatten die Unendlichkeit des Augenblicks für
sich.

Doch irgendwann war es an der Zeit, sich zu
verabschieden. Es waren nur noch zwei Stunden bis

zur Abfahrt. Petra durfte nicht beim Frühstück fehlen, das hätte Ärger gegeben. Außerdem mußte sie noch ihre Sachen zusammen packen. Olaf begleitete sie bis zu ihrer Unterkunft.

„Ihr fahrt um zehn?"

„Ja, um zehn!" sagte Petra traurig.

„Sehen wir uns vorher noch?"

„Klar!"

„Wo?"

„Am Steg?"

„Ja, am Steg!"

„Dann bis gleich!"

„Bis gleich!" Er nahm sie in den Arm und so standen sie, bis Conny in der Tür ihres Zimmers erschien:

„Habt ihr kein zu Hause!" sagte sie kopfschüttelnd und drängte sich an den beiden vorbei.

„Muß Liebe schön sein!" rief Karin, die der davoneilenden Conny hinterher strömte.

„Ja!" sagte Petra kurz.

„Na, dann komm endlich!"

„Kommen, wieso?"

„Weil wir nicht im Bus bleiben dürfen auf der Fähre!" Conny schüttelte ihren Kopf.

„Auf der Fähre?" Petra schaute aus dem Fenster: Der Bus stand im Hafen von Trelleborg.

„Ich möchte nicht wissen, wo du mit deinen Gedanken wieder warst!" sagte Conny und schüttelte weiter ihren Kopf.

„Du hast die ganze Zeit geschlafen und gelächelt", sagte Karin, „und ich möchte es schon wissen!"

„Ja, ich auch. Ich möchte es auch wissen!" sagte Petra und verließ ihren Platz und den Bus und ließ Conny und Karin zurück, die sich fragend ansahen.

„Ja, ich möchte es wissen!" sagte Petra zu sich selbst. Es hatte geklingelt. Das mußte Conny sein. Petra stand auf und verließ ihr Zimmer.

Zwölftes Kapitel

„Das also ist Cuxhaven!" Petra saß auf dem Rücksitz hinter ihrem Vater und hatte ihr Gesicht gegen die Scheibe gedrückt. Hier also verbrachte Olaf jedes Jahr normalerweise den größten Teil seiner Sommerferien. Der Ort war viel größer, als sie erwartet hatte. Es war eine richtige Stadt. Sie fuhren durch die langen Vorstadtstraßen mit ihren Neubaugebieten: Zwei- und mehrstöckige Mietshäuser aus den 60er und 70er Jahren, wie es sie in Berlin auch überall gab. Der einzige Unterschied war der für die Nordsee so typische rote Backstein, aus denen die meisten gebaut waren. Die Mietshäuser gingen über in kleine, hübsche Reihenhäuser, ebenfalls zumeist aus jenen roten Steinen. Was sie sah, gefiel ihr. Alles schien so ruhig, so gemütlich und so sauber zu sein. Kein Vergleich mit ihrer Stadt.

Dann hatten sie die Straße erreicht, in der sich ihr zu Hause für die nächsten vier Wochen befinden sollte. Die Mühlentrift, war eine jener typischen kleinen Straßen, mit jenen typischen kleinen Häusern. Die meisten waren wieder rot. Ihr Feriendomizil war im dritten Haus von der Ecke aus. Es war größer als die anderen Häuser. Es war kein riesiges Haus, aber gegen die umliegenden Einfamilienhäuser wirkte es gewaltig. Es war eine Pension.

„So, hier ist es!" sagte ihr Vater und fuhr den Wagen auf den kleinen Parkplatz vor der Pension.

„Hier?" Petra schluckte.

„Ja, hier", sagte ihr Vater begeistert.

„Das habe ich befürchtet", sagte Petra.

„Was soll das denn heißen?" Ihre Mutter hatte den Kopf gedreht und sah sie fragend an.

„Na, ich dachte…"

„Gefällt es dir nicht?"

„Doch, doch!" beeilte sie sich zu sagen, um weitere Diskussionen zu vermeiden.

„Was dachtest du?"

„Na, mir ist so, als wenn ihr was von einem Hotel gesagt hättet und das hier…" sie zeigte auf das vor ihnen liegende Haus.

„Ja, das ist eine Pension!" sagte ihr Vater, der nun den Wagen verließ. „Kommt erstmal raus!" Petra und ihre Mutter verließen den Wagen ebenfalls. „Na, sieht doch ganz Passabel aus, oder?" Ihr Vater schaute seine Frau und Petra an.

„Es sieht gemütlich aus", sagte Petras Mutter.

„Ja, gemütlich…", sagte Petra und meinte das im Sinne von: sehr einfach.

„Eigentlich wollte dein Vater ja am Ende statt des Hotels lieber eine Ferienwohnung nehmen", sagte ihre Mutter, „aber ich konnte ihn doch noch überzeugen, daß eine Ferienwohnung, na ja - und wir haben uns dann auf eine Pension geeinigt." Sie sah ihren Mann an und drückte ihm einen Kuß auf die Wange.

„Ja, weißt du, Mama braucht auch mal richtigen Urlaub." Er machte eine kurze Pause und legte den Arm um die Schulter seiner Frau: „Und in so einer Ferienwohnung, da kocht man dann ja doch wieder selber und man putzt..."

„Klar, versteh´ ich", sagte Petra und versuchte, überzeugend zu klingen.

„Kommt, laßt uns reingehen und das Zimmer besichtigen!"

„Das Zimmer?" Petra verschluckte sich fast.

„Nein, keine Sorge!" Ihr Vater mußte lachen. „Du hast natürlich ein eigenes Zimmer!" Er zwinkerte ihr zu.

„Aber, wir frühstücken zusammen – darauf bestehe ich!" sagte ihre Mutter.

„Von mir aus!" sagte Petra erleichtert und folgte ihren Eltern in das Innere der Pension.

Sie hatte fest mit einem Hotel gerechnet. Wenn es wenigstens eine Ferienwohnung gewesen wäre! Aber so eine kleine Pension mit ein paar Zimmern, da war man immer unter Beobachtung. Jeder wußte, wann man ging, wann man kam – und, mit wem. Der Gedanke daran gefiel ihr gar nicht.

„Ja, Berthold", hörte sie ihren Vater sagen, „aus Berlin, drei Personen."

„Ach, hier, natürlich – Berlin! Ich hatte Sie unter `Berlin´!" Die ältere Dame hinter dem Tisch, der die Rezeption darstellte, lächelte: „Zwei Zimmer!"

„Richtig."

„Wenn Sie sich hier eintragen, bitte", sagte sie und warf einen kurzen Blick auf den Ausweis von Petras Vater.

„Natürlich." Herr Berthold setzte seine Lesebrille auf und trug sich und seine Familie ein.

„Das hier ist die Anmeldung für die Kurverwaltung. Sie sind das erste Mal hier bei uns?"

„Ja, das erste Mal. Eigentlich sind wir sonst immer in den Bergen, aber meine Frau..."

„Wolfgang!" sagte Petras Mutter und sah ihren Mann

an.

„Aber das spielt jetzt keine Rolle", sagte er und lächelte seine Frau an.

„Ja, sie müssen hier eine Kurtaxe bezahlen, steht alles hier drin." Sie reichte Petras Vater ein kleines Heftchen mit einem blonden Jungen in Matrosenlook darauf.

„Danke, vielen Dank. Und diese Kurtaxe, die bekommen Sie?"

„Nein, die müssen Sie in der Kurverwaltung entrichten, da bekommen Sie dann auch ihre Kurkarten. Die brauchen Sie, um an den Strand zu kommen."

„Ach so?"

„Ja, da wird tagsüber kontrolliert, Sie verstehen."

„Ja, natürlich", sagte Petras Vater, obwohl er noch nicht ganz verstanden hatte. „Und diese Kurverwaltung ist wo?"

„Die ist hier gleich in der Nähe, die Hauptstraße runter", sagte die ältere Dame, „warten Sie!" Sie kramte in einer Schublade auf der Rückseite des Rezeptionstisches. „Hier", sie legte ein Din-A-3-Blatt vor Petras Vater. Auf dem Blatt befand sich eine Karte von Cuxhaven. „Sehen Sie, hier sind wir", sie machte ein Kreuz an der Stelle, wo sich die Pension befand, „und da", wieder ein Kreuz, „ können Sie die Kurtaxe bezahlen. Die Öffnungszeiten stehen irgendwo in dem Heftchen", sie zeigte auf das Heft mit dem blonden Jungen in dem blauen Matrosenanzug auf dem Deckblatt. „Am Besten Sie gehen bis zur Strandhausallee, dann rechts weiter über die Ampel hinaus, bis zum Heinrich-Grube-Weg und den auf der linken Seite immer weiter. Das Häuschen der Kurverwaltung sehen Sie dann schon, ist unverkennbar." Während sie redete, hatte sie die beiden Kreuze auf der Karte mit einer Linie verbunden.

Dann reichte sie die Karte Petras Vater, der sichtlich bemüht versucht hatte, ihren Ausführungen zu folgen.

„Danke, vielen Dank", sagte er, „wir werden es schon finden."

„So, und das sind ihre Schlüssel: Einmal die Fünf und dann die Sieben für die junge Dame. Ist genau gegenüber. Eigentlich wollte ich Ihnen zwei nebeneinander geben, mit Verbindungstür, war aber leider nicht möglich", sagte sie mit bedauerndem Blick, als sie Petra ihren Schlüssel reichte.

„Schon in Ordnung", sagte Petra und atmete erleichtert auf. Das hätte ihr noch gefehlt: Wand an Wand mit ihren Eltern und mit einer Tür, durch die sie jeder Zeit ihr Zimmer hätten betreten können.

„Wenn Sie die Treppe hoch gehen, dann gleich links, am Ende des Ganges. Ach ja, Frühstück ist von acht bis zehn, gleich da hinten." Sie zeigte auf einen Raum hinter einer Glastür, die jetzt geschlossen war. „Die Tische haben die Zimmernummern. Ich habe Ihre natürlich zusammen gestellt."

„Natürlich", dachte Petra und griff nach ihrem Koffer, den sie ihren Eltern folgend, die Treppe nach oben schleppte.

Zimmer Nummer sieben war kein Vergleich mit der Unterkunft auf dem Campingplatz in Schweden, aber auch kein Vergleich mit ihrem Zimmer zu Hause. Der Raum war vielleicht zehn Quadratmeter groß; ein bißchen länger als breit. Gegenüber der Tür lag ein Fenster, das auf den Parkplatz ging. Da sie das letzte Zimmer auf dem Gang hatte, gab es ein weiteres Fenster an der rechten Seite zur Straße. Einen Balkon gab es nicht. Das Bett stand auf der linken Seite an der Wand. Ein nicht sehr breites Bett. Am Bettende war eine Tür, die zum Bad führte: WC, Waschbecken,

Duschkabine, kleines Fenster. In der Ecke des Zimmers zwischen den Fenstern stand ein kleiner Tisch mit einem Holzstuhl. Rechts neben der Tür ein Schrank und am Kopfende des Bettes ein Nachttisch mit Lampe und zwei Schubladen. Von der Decke hing eine dreiflammige Lampe, die ihrer Oma hätte gehören können. Ein „Woolworthperser" lag in der Mitte des Raumes, der ansonsten einen gefliesten Boden hatte. Über dem Bett hing ein vielleicht 60 x 40 cm großes Bild, das eine Düne und einen Leuchtturm zeigte. Einen Fernseher suchte sie vergeblich.

„Vier Wochen!" sagte sie und ließ ihren Koffer auf den Boden krachen.

Ein paar Minuten später klopfte es. Es war ihre Mutter.

„Na, schön nicht?" sagte sie und warf einen kurzen Blick in das Zimmer.

„Ganz toll!"

„Komm, wir wollen noch raus und uns schon mal ein bißchen umschauen!"

„Mama…"

„Nun komm schon, die Sonne scheint – und gegessen haben wir auch noch nicht!"

„Na gut, ich komm gleich nach." Das mit dem Essen war ein Argument und so gemütlich war ihr neues zu Hause nun auch wieder nicht, daß sie sich nicht davon trennen konnte.

„Gut, wir warten unten." Ihre Mutter schien vor Energie zu sprühen. Petra wußte gar nicht, wann sie sie das letzte Mal so gesehen hatte.

„Schon mal umsehen!" Petra schüttelte den Kopf. Sie schnappte sich ihre Sachen und verließ das Zimmer.

Zum Glück mußte man den Schlüssel nicht an der Rezeption hinterlegen. Immerhin. Ihre Eltern standen dort und unterhielten sich angeregt mit der älteren Dame, die sie empfangen hatte. Es stellte sich heraus, daß es ihre Pension war. Sie führte sie seit mehr als 30 Jahren – was man dem Haus nach Petras Meinung auch ansah – erst mit ihrem Mann und seit der vor fünf Jahren gestorben war, zusammen mit ihrer Tochter und deren Mann. Ein Familienbetrieb also.

„Ach, da bist du ja!" sagte ihr Vater. „Sie entschuldigen, wir wollen dann…"

„Natürlich, also rechts, dann wieder rechts an der Ecke in die Strandhausallee, bis zum Heinrich-Grube-Weg, den nach links bis zur Kurverwaltung, gleich bei der Kirche…"

„Wird schon schief gehen", sagte ihr Vater, „aber wir haben ja den Plan", fügte er hinzu und wedelte mit ihm, „Tschüß denn!"

„Tschü!"

Sein Herz schlug wie wild in seiner Brust. Trotzdem versuchte er, seine Schritte noch mehr zu beschleunigen. Die Zweige peitschten ihm wieder und wieder ins Gesicht. Hinter sich hörte er die Rufe, die immer lauter zu werden schienen. Er durfte jetzt nicht aufgeben. Er mußte raus aus diesem Dickicht. Seine Hände drückten das Grün vor ihm zur Seite und da lag sie, direkt vor ihm, keinen Steinwurf entfernt: Die Felswand. Sie erhob sich aus dem Nichts und ihre Höhe schien unendlich; aber es gab keinen anderen Weg für ihn. Wollte er sich retten, mußte er hinauf, irgendwie. Er suchte die Wand vor ihm nach Vorsprüngen ab. Seine Hände wanderten über den Fels und krallten sich hinein, um Halt zu finden. Langsam, unendlich langsam bewegte er sich nach oben. Alles schien sich in Zeitlupe abzuspielen. Und doch: Er kam voran, denn die Bäume unter ihm wurden kleiner und kleiner.

Schließlich hatte er sich über die Wipfel der höchsten von ihnen erhoben. Einatmen, ausatmen. Der Schlag seines Herzens wurde ruhiger. Ihre Speere konnten ihn nicht mehr erreichen und es war mehr als unwahrscheinlich, daß sie ihm auf diesem Weg nach oben folgten. Für den Augenblick war er in Sicherheit. Am liebsten hätte er hier, in dieser Felswand verharrt, aber er mußte weiter, in zwei Stunden wurde es dunkel und eine Nacht in der Felswand war wenig empfehlenswert.

Zentimeter für Zentimeter schob er seinen Körper weiter nach oben. Sehr weit konnte es nicht mehr sein, seine Augen sahen schon die Wurzeln, die vom oberen Rand in die Schlucht hingen. Er griff nach einer ziemlich dicken und zog an ihr. Sie hielt. Das vereinfachte die Sache. Er mußte nur noch ihr Ende erreichen, dann hatte er es geschafft, dann war er endgültig in Sicherheit. Seine Füße gegen die Felswand gestemmt, brachte er das letzte Stück hinter sich. Seine Augen konnten schon auf das Plateau blicken.

Sie erstarrten und Entsetzen spiegelte sich in ihnen: Vor ihm stand einer der Eingeborenen und ein breites Grinsen spielte um seine Mundwinkel. In den erhobenen Händen hielt er eine Machete, die er nun auf die Wurzel, an die er sich noch immer klammerte, niedersausen ließ. Begleitet wurde dies von einigen Worten in seiner Sprache, die er nicht verstand, die aber so etwas wie „Adios" heißen mußten.

Im freien Fall näherte er sich dem Boden am Fuße der Felswand. Vergeblich ruderte er mit den Händen in der Luft. Sein Todesschrei verhallte ungehört in den Weiten des Regenwaldes und eine seltsame Melodie begleitete ihn auf seiner letzten Reise…

Es war der Radiowecker – sieben Uhr. Heute war Freitag. Freitag, der 9. Juli. Sein 17. Geburtstag lag nun schon fast zwei Monate zurück und in ein paar Jahren sollte er die Schule beendet haben und auf die Uni gehen. Aber das war ferne Zukunft. Doch heute, das war greifbare Gegenwart. Heute war Freitag und heute war der Tag, den er alljährlich einmal fürchtete: Der Abreisetag in die Sommerferien! Der Tag, an dem seine Eltern, seine Schwester und er nach Cuxhaven fuhren. Der Tag, an dem die endloseste Zeit des Jahres für ihn begann. Doch diesmal war alles anders. Diesmal hatte er diesen Tag, den er so oft verflucht hatte, kaum erwarten können. Diesmal sollte er Petra wiedersehen.

Nachdem er ihr geschrieben hatte, daß er auch in diesem Jahr, trotz seiner schon 17 Jahre, „ein letztes Mal", wie sein Vater es ausdrückte, an der alljährlichen Familienfahrt teilnehmen durfte, hatte sie ihre Eltern davon überzeugt, daß ein Urlaub an der Nordsee in diesem Jahr genau das Richtige sei. Er wußte nicht, wie sie das geschafft hatte, aber das war auch egal, wichtig war nur, daß sie es geschafft hatte.

Und nun war es endlich soweit. Heute war Freitag. Das sagte er sich immer wieder. Seine Nervosität stieg von Minute zu Minute.

Schon die letzten Tage hatte er es kaum ausgehalten. Seine Mutter begann, sich ernsthaft Sorgen zu machen und wollte ihn zum Arzt schicken.

„Du siehst schlecht aus!" hatte sie gesagt.

„Das bildest du dir nur ein, Mama!"

„Nein, nein, du bist ganz blaß. Ich glaube, es ist besser, wenn du mal bei Doktor Müller vorbei schaust."

„Zu Doktor Müller? – Aber, aber – ich habe nichts!"

„Du bist nicht nur blaß, du bist auch sonderbar nervös – nein, nein, du gehst zum Arzt, es kann auf jeden Fall nichts schaden. Wenn du krank wirst, kannst du am Ende nicht mitfahren und das wäre doch wirklich schade, oder?"

„Ja, Mama, wirklich schade", hatte er gemurmelt und dieses Mal auch wirklich gemeint, was er gesagt hatte. „Vielleicht hast du recht…"

„Bestimmt habe ich recht!"

„Gut, morgen, Mama, ich gehe morgen, wenn es bis dahin nicht besser ist."

„Na, siehst du. Ich wußte doch, daß du ein vernünftiger Junge bist." Seine Mutter hatte mit ihrer Hand durch seine Haare gewuschelt.

„Ja, Mama, bin ich", hatte er, die Hand seiner Mutter ignorierend und an das Wiedersehen mit Pit denkend gesagt.

Das Frühstück wollte überhaupt nicht vergehen. Überall war er seiner Mutter zur Hand, trug das Geschirr in die Küche, wusch ab, trocknete ab, half, das Gepäck in den Wagen zu bringen. Seine Eltern tauschten mehrere Male Blicke, die für sich sprachen:

„Ist der Junge doch krank?"

„Aber sein Zeugnis war doch ganz gut?"

„Er wird doch nichts… Ich hätte auf dem Arztbesuch bestehen sollen!"

Aber er war nicht krank. Alles, was er wollte, war los. Los nach Cuxhaven. Hin zu Pit. Die Ferien in Berlin hatten schon vor gut zwei Wochen begonnen und sie war vor gut einer gefahren. Für vier Wochen. Das hieß: Mehr als zwei gemeinsame Wochen; mehr als doppelt so viel Zeit, als sie im letzten Jahr gehabt hatten! Trotzdem: Jede Minute war kostbar.

Hatten sie jetzt alles? Endlich, auch seine liebe,

kleine Schwester war fertig und hatte ihr Lieblingspüppchen gefunden, ohne das sie nicht fahren wollte. Es war kurz vor zehn.

„Alles einsteigen, es geht los!" rief sein Vater. Na also. Na endlich. Der gute Golf. Nicht gerade ein idealer Reisewagen, aber für die paar Stunden auszuhalten.

Ilona und er saßen hinten. Sie faselte die ganze Zeit etwas von Tilo und was sie ihm alles erzählen müßte und wie toll sie ihn fand. In Tilo war sie heimlich verliebt, schon seit Jahren, aber er hatte ihr bisher nicht die Aufmerksamkeit zukommen lassen, die sie sich erhofft hatte. Aber Ilona war jetzt dreizehn und Olaf hatte bemerkt, daß auch seine kleine Schwester begann, erwachsen zu werden. Er fragte sich, ob Tilo das auch bemerken würde und ihr in Zukunft mehr Aufmerksamkeit schenkte. Dies hätte unzweifelhaft einige Vorteile für ihn. Tilo, sein bester Freund: In einer Woche sollte er mit seinen Eltern kommen. Von da an hatte er ihn auf dem Hals! Der Gedanke daran war zum Heulen.

Der Wagen hielt. Olaf schaute auf seine Uhr: Das konnte unmöglich Cuxhaven sein, dafür war es viel zu früh. Es war auch nicht Cuxhaven, es war ein Rastplatz:

„Zeit für's Mittagessen!" rief sein Vater.

„Müssen wir…"

„Ja", sagte seine Mutter, „erstens ist es ungesund, den ganzen Tag nichts zu essen…"

„Aber wir haben doch gerade gefrühstückt…"

„…und zweitens braucht dein Vater auch mal eine Pause. Schließlich muß er die ganze Zeit fahren!"

„Schon gut, schon gut", sagte Olaf und trottete hinter seinen Eltern und Ilona her in das Restaurant. „Je eher wir anfangen, desto eher geht es weiter!"

Es war zwölf Uhr, als sie das Restaurant betreten

hatten. Um achtzehn Uhr waren Petra und er an der Kugelbake verabredet. Noch war viel Zeit. Um dreizehn Uhr waren sie wieder am Wagen. Seine Nervosität stieg noch mehr.

Der Motor summte, sie fuhren wieder auf die Autobahn und es ging zügig voran. Er freute sich auf das Wiedersehen mit Petra. Er fieberte ihm entgegen. Und da waren sie dann wieder, diese Gedanken, die er nicht abschütteln konnte: Was, wenn sie nicht käme? Wenn sie ihn nicht sehen wollte? Aber, sie hatten sich doch geschrieben und, sie hatten es am Telefon besprochen. Ja, am Telefon, da sagt man viele Dinge. Vielleicht hatte sie alles nur gesagt, um ihn nicht zu verletzen. Er ließ seine Gedanken kreisen und sie führten ihn unwillkürlich zurück zu dieser letzten gemeinsamen Nacht vor einem Jahr...

Als Olaf überglücklich beim Zelt eintraf, nachdem er Petra an ihrer Unterkunft zurück gelassen hatte, war da kein Zelt mehr. Er traute seinen Augen nicht und dachte zuerst, daß er sich wieder in einem seiner Tagträume befand. Nachdem er sich mehrere Male in beide Arme gekniffen und abwechselnd die Augen geschlossen und geöffnet hatte und da noch immer kein Zelt war, wußte er, daß er nicht träumte. Das Zelt war und blieb verschwunden. Auch von Tilo war nichts zu entdecken. Olaf rannte zu der Stelle, an der sich das Wohnmobil von Marlies und Dieter zuletzt befunden hatte.

Erleichtert blieb er stehen und atmete ein paar Mal tief ein und aus: Es war noch da.

„Tilo! Tilo!" rief er und klopfte gegen die Tür.

„Olaf, endlich!" Tilo steckte seinen Kopf aus der Tür des Wohnmobils.

„Tilo! Das Zelt! Alles weg, alles!" Olaf wirkte verzweifelt.

„Jau, weiß ich", sagte Tilo trocken und öffnete die Tür ganz.

„Weißt du?" Olaf schnappte nach Luft und verstand die Welt nicht mehr.

„Jau, erklär´ ich dir, steig´ erstmal ein!" Er machte die entsprechende Handbewegung.

„Ja", Olaf war noch immer wie benommen. Er stieg in das Wohnmobil und Tilo schloß die Tür hinter ihm. „Was...?"

„Setz´ dich erstmal", sagte Tilo und drückte Olaf auf das kleine Sofa, „Paps, wir können!" rief er.

„Na endlich!" hörte man die Stimme von Tilos Vater und das Wohnmobil setzte sich in Bewegung.

„Tilo, wir fahren!"

„Wir fahren, jau!"

„Und das Zelt? Die Sachen?"

„Mach´ dir mal da keine Sorgen!"

„Keine Sorgen?" Olaf sah Tilo mit einem leicht irren, völlig verständnislosen Blick an.

„Alles verstaut. Alles verstaut." Tilo klopfte sich auf die Schulter.

„Verstaut? Ich verstehe nicht!"

„Du warst nicht da heute früh", Tilo setzte sich neben Olaf, „weißt du und da..."

„Aber ich muß..." begann Olaf, der an Pit dachte. Sie fuhr um zehn Uhr und er hatte ihr versprochen, da zu sein. Jetzt war es so gegen neun Uhr. Er hatte noch eine Stunde: „Also, erzähl, was ist los?" drängte er Tilo.

„Als ich die Torte zurückgebracht hatte – ich weiß nicht, ob du dich erinnerst, an heute Nacht?"

„Ich?" Olaf schüttelte seinen Kopf, „es ist ein Wunder, daß du – ach, erzähl´ einfach weiter!"

„Jau. Also, nachdem wir im Zelt, in unserem Zelt –

Junge, Junge! Du hättest was lernen können!"

„Bestimmt!" sagte Olaf und dachte daran, wie die beiden vor dem Eingang des Zeltes zusammen gesackt waren und er dachte daran, wie Petra und er…

„Also, ich hab´ sie natürlich, wie man das als Gentleman tut", er klopfte sich wieder auf die Schulter, „zurück begleitet, danach…" Nachdem du aufgewacht bist, meinst du, dachte Olaf. „Und…"

„Komm zum Punkt!"

„Ich kam zurück und mein Vater stand da."

„Dein Vater?"

„Jau. Mein Vater."

„Und?"

„Der war schon wieder sauer von wegen, wo wir sind nachts und so – jedenfalls sie wollen los, meinte er…"

„Wollen los? Los, wohin?"

„Zurück!"

„Zurück? Wohin zurück?"

„Na, zurück eben. Du weißt, der Streit, die Torten und so. Na, das ging wohl heute Nacht wieder los bei den beiden und meine Mutter hat gesagt, daß sie keinen Tag länger – und jetzt, jetzt fahren wir zurück nach Hause, jau."

„Nach Hause? Du meinst doch nicht: *Nach Hause?!*"

„Natürlich meine ich nach Hause, wohin denn sonst!"

„Jetzt?" Olaf merkte, wie der kalte Schweiß auf seine Stirn trat.

„Sag´ mal, rede ich chinesisch oder was?"

„Ich muß unbedingt…" Olaf war aufgesprungen und versuchte, die Türklinke zu erreichen.

„Bist du verrückt!" schrie Tilo und riß ihn zurück auf das Sofa, „du bist wohl lebensmüde!"

„Ich muß da raus, ich muß…"

„Wo willst du denn hin – wir fahren!"

„Ja, aber…" Olaf stützte den Kopf in die Hände und

raufte sich die Haare. „Was, was wird sie denken... sie wird... nie wieder... schreiben..."

„Was faselst du da? Ich glaube, du brauchst erstmal etwas Medizin!" sagte er grinsend und zauberte eine Flasche Wodka aus einer Ecke des Wohnmobils. „Hier!" Er hielt Olaf die Flasche hin. Der hatte aufgehört, sich zu fragen, wie Tilo immer wieder an diese Art der Getränke kam. Im Augenblick war er ganz dankbar, diese Flasche vor sich zu sehen:

„Gib´ schon her, das Ding!" sagte er und setzte sie sich an den Mund.

„Na also, so gefällst du mir schon besser!" sagte Tilo und nahm ebenfalls einen langen Schluck, „und nun, erzähl mal, wo du unbedingt hin willst!"

„Ich? Hin wollen?"

„Jau, du!"

„Ach, das, nicht so wichtig, nicht so wichtig..."

„Klang aber eben noch ganz anders!"

„Was soll´s! Eben ist eben. Gib´ her das Ding!"

„Welches Ding?"

„Na, die Flasche!"

„Das geht auch ein bißchen höflicher, mein Sohn!"

„Mein Sohn?"

„Ja, du bist doch mein Sohn, soweit ich mich erinnere, oder?"

Olaf öffnete die Augen und sah in das Gesicht seiner Mutter, die sich umgedreht hatte im Beifahrersitz und ihm eine Flasche Cola hin hielt.

„Ja, danke!" sagte er und griff nach der Flasche. Ilona saß neben ihm und bewegte sich im Takt zu der Musik, die aus ihrem Kopfhörer dröhnte. „Wie spät ist es denn?"

„Wir sind grad an Bremerhaven vorbei", sagte seine Mutter, „wir sind bald da. Das wirst du doch noch aushalten?"

„Klar, halte ich!" Olaf merkte, wie sein Herz erneut schneller zu schlagen begann.

Der Wagen hatte den Dorfplatz hinter sich gelassen. Jetzt waren es nur noch ein paar Meter, bis sie da waren.

Bis vor drei Jahren hatten sie immer privat gewohnt. In irgendwelchen ungemütlichen, engen Zimmern ohne Fernseher und unter ständiger Beobachtung der lieben Vermieterin; mit Frühstück zwischen acht und zehn, abgezählten Brötchen, abgezählten Wurstscheiben, portionierter Marmelade und manchmal mit einem sonntäglichen Ei – dafür dann an dem Tag ohne Brötchen und stattdessen gab es altes Brot. Familienanschluß war nicht immer erwünscht, aber zuweilen doch gern gesehen. Er war in den Ferien und hatte was Besseres zu tun, als mit irgendwelchen Fremden, zumeist älteren Leuten, abends im Fernsehraum zu sitzen und „Tatort" zu sehen.

Da war eine Ferienwohnung schon angenehmer. Es war das dritte Mal, daß sie sich diesen Luxus gönnten. Seine Mutter hatte es so gewollt, wahrscheinlich basierend auf den Erfahrungen von ihrem letzten Privatzimmeraufenthalt vor drei Jahren.

Seine Eltern hatten wie immer zwei Zimmer, eins für sich selbst und eins für Olaf und Ilona, gebucht. Diesmal bei einem Vermieter, dessen Haus wesentlich näher am Strand stand, als die die Jahre davor es getan hatten. „Damit man auch mal schnell hinlaufen kann zum Strand", hatte seine Mutter gesagt. Es war auch wirklich viel näher. Dafür gab es ein paar andere Kleinigkeiten, die seiner Mutter nicht so sehr gefallen hatten. Da war z. B., daß die Zimmer nicht im eigentlichen Haus lagen, einer sehr schönen Villa aus der Gründerzeit. Hier durfte man nur das Frühstück in einem eigens dafür separierten Raum einnehmen. Ansonsten hatte man einen eigenen Eingang, der durch den Garten am Vorderhaus vorbei führte, bis zur Garage, neben dem der alte Schuppen lag, in dem sich die Ferienzimmer befanden. „Die Zimmer sind im Gartenhaus", hatte die Vermieterin bei der Ankunft gesagt. Nun, unter einem Gartenhaus hatten sich seine Eltern ganz sicher etwas anderes vorgestellt. Nicht nur, daß es noch weniger Komfort gab, als es in Privatzimmern dieser Art sowieso üblich war, nein, und das war wohl das ausschlaggebende für den Gesinnungswandel seiner Mutter im Hinblick auf Ferienunterkünfte, man mußte zum WC über den Hof. Während des Tages war das noch erträglich, aber in der Nacht eine Zumutung: „Taschenlampen liegen auf dem Nachttisch", hatte die freundliche Vermieterin die Einwände seiner Mutter abgeschmettert. Das hatte seine Mutter so aufgeregt, daß sie die Zimmer fast nicht genommen hätte. Sein Vater konnte sie nur dadurch beruhigen, daß er ihr klar machte, daß Hauptsaison war und zwei neue Zimmer so schnell schwer zu finden wären. Und er versprach ihr, daß sie für das nächste Jahr eine andere Lösung finden würden. So waren sie geblieben. Und im darauf folgenden Jahr hatten sie erstmals eine Ferienwohnung. Vor dieser hielt der Wagen nun. Sie lag im ersten Stock eines großen, alten Hauses. Es gab noch zwei weitere Wohnungen darin: eine darunter und eine darüber. Das war alles. Das Haus gehörte demselben Vermieter, bei dem seine Eltern all die Jahre über auch ihren Strandkorb gemietet hatten. So waren sie auch auf die Wohnung aufmerksam geworden, als sie sich in besagtem Jahr mit ihm darüber unterhielten, wie schwer es sei, ein gutes Zimmer zu finden.

Die Küche war so groß, daß man darin auch Essen konnte. Es gab ein Bad mit Dusche, ein Wohnzimmer und zwei Schlafzimmer. Das Wohnzimmer war mit allem ausgestattet, was man benötigte, einschließlich eines Fernsehgerätes. Das größere der beiden Schlafzimmer bezogen seine Eltern. Das kleinere war für seine Schwester und für ihn gedacht – aber er war keine fünf Jahre mehr und sie auch nicht. Ilona lehnte es strikt ab, sich ein Zimmer mit ihrem Bruder zu teilen. „Auf keinen Fall", hatte sie gesagt, „ich zieh mich doch nicht um, wenn der da ist!" Und ihn wollte sie auch nicht nackt sehen. Aber was ihr am meisten Unbehagen bereitete war die Tatsache, daß sie in einem Bett hätten schlafen müssen; eine Tatsache, die sie ein paar Jahre zuvor noch nicht gestört hatte, im Gegenteil, sie war oft zu ihrem großen Bruder ins Bett gekrochen, wenn sie Angst gehabt hatte. Und sie hatte oft Angst gehabt im Dunkeln. Diese Angst schien nun verflogen – obwohl man immer einen Lichtschein unter der Tür ihres Zimmers hindurch sehen konnte, wenn man nachts daran vorbei ging. Aber Olaf hatte nachgegeben und sein Nachtquartier im Wohnzimmer auf der Couch aufgeschlagen. Sein Schlafsack leistete ihm hier gute Dienste. Nachdem sich alle zu Bett begeben hatten, konnte er Fernsehen, so lange er wollte – und der Weg in die Küche war auch immer frei. Er fand, es sehr gut getroffen zu haben.

Die Wohnung lag im Ortsteil Duhnen – ca. zehn Kilometer vom Stadtzentrum entfernt. Zum Strand waren es keine 100 Meter. Zum Strandkorb nicht. Unglücklicherweise hatten sie die Privatzimmer immer im Ortsteil Döse gehabt und da natürlich auch den Strandkorb gemietet, in Döse beim Strandhaus. Der

Wohnungswechsel änderte daran nichts: Der Standort des Strandkorbes blieb unverändert. „In Duhnen wohnt es sich nun einmal am Ruhigsten und in Döse ist der Strand am Schönsten", hatte seine Mutter gesagt. Damit war das Thema erledigt und der tägliche Fußmarsch von fünf Kilometern hin und fünf Kilometern zurück spielte dabei keine Rolle. Auch die Alternative, den Weg mit dem Wagen zurück zu legen wurde nicht in Erwägung gezogen: „Wir haben Zeit, wir sind im Urlaub!" hatte seine Mutter nur gesagt.

Es war kurz nach fünfzehn Uhr, als man sich eingerichtet hatte.

„So – und jetzt wollen wir noch zum Strand!" hörte er seine Mutter sagen.

„So, wollen wir?" sagte er leise, aber nicht leise genug.

„Ja, mein Sohn, natürlich wollen wir: Schau dir das herrliche Wetter da draußen an, da kann man doch nicht drin sitzen! Wir holen uns den Schlüssel und schauen dann gleich mal am Korb vorbei!"

„Hervorragende Idee, mein Schatz – und vorher erledigen wir das mit den Kurkarten."

„Machen wir."

„Und dann schauen wir, ob Tilo schon da ist!" sagte Ilona und klatschte begeistert ihre Hände aneinander.

„Der ist noch nicht da!" dämpfte ich ihre Freude.

„Warum denn nicht?"

„Weil er erst nächste Woche kommt!"

„Schade. Dann mußt du eben mit mir spielen", sagte sie zu Olaf.

„So fängt´s an!" Er zeigte ihr einen Vogel.

„Mama, Olaf hat…"

„Ja, er wird schon mit dir spielen, wenn er Zeit hat."

„Ja, wenn ich Zeit habe!"

„Na gut. Karla ist ja auch noch da!" Sie lief in ihr Zimmer, um ihre Lieblingspuppe Karla zu holen. Olaf fragte sich in diesen Momenten, ob seine Schwester wirklich schon dreizehn war.

„Also, kommt, es geht los!" rief sein Vater und klatschte in die Hände.

„Sofort!" Olaf griff noch schnell nach dem Zweitschlüssel. „Falls es später wird!" sagte er und lächelte.

Zuerst wanderten sie den Wehrbergsweg entlang zum Dorfplatz mit dem alten Brunnen in seiner Mitte. Das heißt, es war nicht viel mehr als ein ummauertes Loch mit einem Gitter in etwa einem Meter Tiefe darin, das immer bedeckt war von Plastikbechern und anderen Dingen, die die Touristen dort hinein warfen – entweder, weil sie den Brunnen für einen großen Papierkorb hielten oder, weil es sich einfach anbot.

Es hatte sich nicht viel verändert, seit er das letzte Mal hier gewesen war: Dieselben Geschäfte, dieselben Restaurants. Sie erreichten die Kurverwaltung gerade noch rechtzeitig. Eine Kurkarte war wichtig – und teuer. Ohne sie kam man nicht an den Strand. Das war so. Der Sinn dieser Einrichtung hatte sich Olaf trotz mehrmaliger Erklärungsversuche noch nicht vollständig erschlossen. Angeblich wurden die Gelder dazu verwendet, um die Deiche für die Touristen in Stand zu halten und, um ihnen so etwas wie Kurkonzerte zu bieten. Sein Vater hatte die Kurtaxe für die vier Wochen bezahlt, nachdem er das Papier von seinem Vermieter vorgelegt hatte. Jeder hatte seine eigene Karte – auch er, auch Ilona. Olaf war, wie schon im letzten und vorletzten Jahr, vierzehn. Das hatte den Vorteil einer geringeren Kurtaxe. Er hatte vor dem Gebäude gewartet; niemand dort wollte ihn oder seinen Ausweis sehen.

Gegen halb fünf hatten sie die Stelle erreicht, an der der Strandkorb stehen sollte. Er war nicht schwer zu finden. Seine Eltern zogen sich um und verschwanden dann gleich Richtung Watt:

„Wollt ihr mit?" hatte seine Mutter gefragt.

„Nein, heute nicht, vielleicht morgen", hatte Olaf gesagt.

„Ilona?"

„Nein, Karla hat ihre Tage!" sagte Ilona, die auf einem Handtuch vor dem Strandkorb saß.

Olaf schüttelte den Kopf und lehnte sich in den Strandkorb zurück. Die Strahlen der Sonne schienen wärmend auf seinen Körper und verursachten ein angenehmes Gefühl. Er hatte noch Zeit, bis er los mußte. Er schloß die Augen.

„Olaf! Hallo!"

„Ja, was?" Eine Stimme hatte ihn aus einem seiner Träume zurück geholt an den Nordseestrand von Cuxhaven-Döse.

„Komm, jetzt sind wir dran – du hast lange genug Zeit gehabt!" Seine Mutter stand vor dem Strandkorb, neben ihr sein Vater.

„Du hast deine Mutter gehört, schließlich sind wir über eine Stunde auf dem Watt gewesen!"

„Eine Stunde?" Olaf blieb fast die Stimme weg.

„Wie, wie spät…" er suchte nach seiner Uhr.

„Gleich sechs!" sagte sein Vater.

„Gleich sechs?" wiederholte er und sprang auf. Endlich hatte er seine Uhr gefunden: „Zehn vor!" rief er, „ich muß mal schnell – ich – geht nur schon, wenn es später wird!"

„Später?" seine Mutter sah ihren Mann an.

„Wo willst du denn hin?" fragte der.

„Bißchen laufen noch, ja eingerostet, bißchen

laufen!" rief er im Davonhasten.

„Manchmal mache ich mir Gedanken um den Jungen!" sagte seine Mutter kopfschüttelnd und setzte sich neben ihren Mann in den Strandkorb.

„Zehn Minuten! Das ist nicht zu schaffen!" rief er und stürmte die Strandpromenade entlang, so schnell er konnte. Leider war das nicht besonders schnell und leider war er auch kein besonders guter Läufer. Nach wenigen hundert Metern verlangsamte er seinen Schritt und blieb japsend stehen. Die Zeiger auf seiner Uhr wanderten gnadenlos weiter. Warum war er auch eingeschlafen! Er mußte weiter. Die Hände in die Hüften gedrückt, setzte er seinen Weg fort.

Seine Gedanken wanderten zur Kugelbake. Er fragte sich, ob Petra dort schon auf ihn wartete und vielleicht dachte, daß er nicht kommt. Das Wandern der Gedanken und das der Füße wurden durch einen plötzlichen kräftigen Stoß unterbrochen.

„Hast du keine Augen im Kopf?"

„Ich? Doch, schon…"

„Dann benutze sie doch auch, statt hier einfach Leute über den Haufen zu rennen! Unmöglich!"

„Ja, tut mir leid", rief Olaf und rannte weiter, ohne den älteren Mann eines Blickes zu würdigen.

„Bengel!" rief der, „das ist nun die Jugend von heute – wo soll das nur enden!" Er schüttelte seinen Kopf und sah Olaf hinterher.

An Olaf war die ganze Situation vorbei gegangen, ehe er sie richtig verstanden hatte. Dazu hatte er auch keine Zeit, er mußte zur Kugelbake.

Die Kugelbake war eigentlich nicht mehr als ein großes Stück Holz, das ca. 30 Meter hoch aufragte und früher den Schiffen den Weg gewiesen hatte. Diese Aufgabe hatte sie aber schon lange verloren. Daß sie inzwischen zum Wahrzeichen der Stadt geworden war, hatte ihr das Leben gerettet. Zu erreichen war sie vom Deich aus durch einen Damm, der auf der einen Seite von Steinen gegen das Meer geschützt wurde und oben mit Sand bedeckt war. Die Bake selber lag auf der Grenze zwischen Binnenelbe und Nordsee und wurde auch bei Ebbe auf zwei Seiten vom Wasser umspült. Man hatte von dort einen wunderbaren Blick auf die Schiffe, die wie Perlen aufgereiht an einer Schnur tagaus, tagein vorbeizogen auf ihrem Weg von oder nach Hamburg.

Es war fünf nach sechs, als Olaf den Damm erreicht hatte. Er ließ sich auf die Knie in den Sand fallen.
„Geschafft!" keuchte er, „geschafft!"
Selbst, wenn sie schon da war und am Gehen: jetzt mußte sie auf jeden Fall an ihm vorbei. Langsam normalisierte sich seine Atmung.
Er stapfte die letzten Meter durch den Zuckersand, immer wieder nervös um sich blickend. Es waren noch sehr viele Kurgäste unterwegs um diese Zeit, die Kugelbake war ein beliebtes Ziel für nachmittägliche und abendliche Spaziergänge und das Wetter tat sein Übriges.
Als er die Stelle unter der Kugelbake erreicht hatte, schaute er sich um: Mutter und Kind, ein junges Pärchen, ein älteres Ehepaar – von Petra nichts zu sehen.
Nachdem er den ummauerten Platz zweimal umkreist hatte, immer wieder auf den etwa 200 Meter langen Damm blickend, der die Bake mit dem Ufer verband, setzte er sich auf die Steine und wartete. Die Sonne stand über dem Watt, das Wasser kam langsam und die Menschen am Strand, auf dem Deich und dem Watt waren wie kleine, schwarze Punkte.

Viertel nach. Die Zeit rannte. Und wenn sie gar nicht kam? Wenn ihre Eltern sie nicht hatten alleine gehen lassen? Wenn sie es vergessen hatte? Vielleicht hätte er doch seine Eitelkeit in die Ecke stellen sollen und die Brille aufsetzen, die er wegen seiner Kurzsichtigkeit seit einiger Zeit tragen mußte. Petra hatte er nichts davon erzählt, vorerst. Er wollte das bei passender Gelegenheit nachholen.

Halb. Noch immer nichts. Die Leute kamen und gingen, keine Petra. Wie sehr hatte er sich auf diesen Tag gefreut; seit mehr als vier Wochen, seit sie ihm geschrieben hatte, daß sie kommt! Langsam schliefen ihm die Beine ein, er begann, wieder hin und her zu wandern.

Viertel vor. Neue Fragen tauchten auf: Wie lange sollte er warten, vielleicht war etwas dazwischen gekommen; wie sollte er sie finden – er wußte nicht, wo sie wohnte, wo ihr Strandkorb stand. Er hatte es versäumt, sie danach zu fragen. Es war ja alles klar gewesen: sie trafen sich hier und das war es dann. Weiter hatte er nicht gedacht. Jetzt hatte er die Konsequenzen für seine Kurzsichtigkeit zu tragen. Seine Wanderung stoppte, er setzte sich erneut. Diesmal auf das Meer blickend, den Rücken zum Damm. So saß er und wartete. Er schloß die Augen und dann war ihm, als wenn er eine Hand spürte, die ihn sanft von hinten berührte – er drehte sich um – Petra stand strahlend vor ihm und sie fielen sich in die Arme. Er öffnete die Augen wieder: Aber da war keine Hand und da war keine Petra.

Sieben. Allmählich machte er sich ernsthaft Sorgen: Was, wenn ihr doch etwas passiert war, sie einen Unfall gehabt hatte, im Krankenhaus lag oder noch schlimmer! Er durfte gar nicht daran denken. Wahrscheinlich war ihr einfach nur etwas dazwischen gekommen, ja, sie war einfach aufgehalten worden. Mehr nicht.

Halb acht. Ihm wurde langsam etwas kühl. Sie würde wohl nicht mehr kommen. Schweren Herzens und mit hängendem Kopf machte er sich auf den Rückweg. Es wurde ein wunderschöner Sonnenuntergang, den er nicht wahrnahm. Er dachte darüber nach, warum sie nicht gekommen war.

Selbst, als er in seinem Schlafsack auf der Couch lag, verließen ihn diese Gedanken nicht, sondern bestimmten weiterhin sein Denken: Und wenn sie absichtlich nicht gekommen war? Wenn sie ihn gar nicht hatte sehen wollte, sondern ihm auf diese Weise sagte, daß es zu Ende war! Aber warum hätte sie das tun sollen? Und was, wenn sie einen anderen hatte! Ja, warum denn nicht – die Gelegenheit dazu hatte es bestimmt gegeben. Sie sah super aus und – er dachte an seine Rückkehr aus Schweden. Er dachte daran, was danach passiert war…

Die Rückfahrt aus Schweden war schrecklich. Alles war schrecklich. Tilo erzählte, d. h. er lallte mehr, von seinen Eltern und davon, daß sie sich vielleicht trennen würden. Für ihn brach eine Welt zusammen. Er kannte Trennungen aus anderen Familien – aber nie hätte er gedacht, daß es einmal ihn treffen würde. Seine Eltern sprachen während der ganzen Fahrt kein Wort miteinander. Es war eine bedrückende Stille, die sich nur dadurch ertragen ließ, daß sie hinten saßen und dadurch, daß Tilo großzügig seine stillen Reserven geplündert hatte.

Olaf dachte an Petra und daran, was sie wohl gerade machte und, wo sie gerade war. Auf der Fahrt hatte er immer wieder geschaut, wenn sie eine Pause gemacht hatten, ob er den Bus entdeckte. Sie hatten immerhin denselben Weg zur Fähre. Eine letzte Hoffnung war diese Fähre; vielleicht traf er sie dort und konnte ihr alles erklären. Aber auch diese Hoffnung verpuffte: der Bus von Petra war nirgends zu entdecken. So saß er mit Tilo während der Überfahrt an Deck und sie leerten eine weitere Flasche. Den Rest der Strecke verschliefen sie.

Als der Wagen am späten Morgen vor dem Haus seiner Eltern hielt, waren Tilo und er fast wieder nüchtern.

„So, da wären wir!" sagte Tilos Vater. Es waren die ersten Worte, die er seit der Abfahrt von ihm hörte.

„Ja, danke", sagte Olaf und öffnete die hintere Tür. „Willst du noch hier bleiben – ist keiner da!" sagte Olaf.

„Danke, nein, heute nicht, du verstehst..." er zeigte auf seine Eltern.

„Klar, wir telefonieren!"

„Ich ruf´ dich an!"

„Hast du alles, Olaf?" Marlies war ausgestiegen und stand neben ihm.

„Ich glaube schon!"

„Na, wenn nicht, wir sind ja nicht aus der Welt!"

„Ja, klar, dann gute Fahrt noch. Und nochmal: Danke!"

„Keine Ursache!" Sie stieg wieder in den Wagen und Tilo schloß die hintere Tür:

„Jau, denn!" sagte er noch, bevor sie zufiel.

Olaf stand auf der Straße und schaute dem Wohnmobil nach, bis es verschwunden war. Dann kramte er den Hausschlüssel aus der Tasche und nahm seine Sachen. Als er den Schlüssel in das Schloß steckte, wurde die Tür von innen geöffnet. Er blickte überrascht in das erstaunte Gesicht seiner Mutter.

„Du?" sagten beide gleichzeitig. Er hatte vor Schreck seine Tasche fallen lassen.

„Ach, du bist schon da! Schön, dich zu sehen! Laß dich anschauen!" Seine Mutter hatte ihn kurz gedrückt und hielt ihn jetzt an den Schultern.

„Mama!" sagte Olaf und befreite sich aus den Händen seiner Mutter. „Warum bist du hier?"

„Es ist mein Haus!"

„Ja, aber, ihr seid doch in…"

„Nein, noch nicht, wir fahren erst übermorgen!"

„Wir - also sind Papa und Ilona auch hier?"

„Das ist eine lange Geschichte", sagte sie, „aber, wieso bist du denn schon zurück? Wolltet ihr nicht vier Wochen…"

„Das ist auch eine lange Geschichte!"

„Dann komm doch erstmal rein, ich mache uns einen schönen Tee und dabei können wir ein bißchen plauschen." Sie schob ihn an sich vorbei in das Innere des Hauses.

Olaf erfuhr, daß die Abfahrt nach Cuxhaven verschoben werden mußte, weil die Mutter seines Vaters einen Tag vorher gestürzt war und ins Krankenhaus mußte.

„…ja, und bis das alles geregelt war, mit Haushaltshilfe und so, das hat eben gedauert. Und nun fahren wir übermorgen. Willst du nicht doch mit, jetzt, wo Du wieder da bist?"

„Ach, Mama, eigentlich…"

„Und warum bist du denn schon wieder hier, nun erzähl doch mal…"

„Mama, ich bin müde von der langen Fahrt und ich glaube, da fragst du lieber Marlies und Dieter selbst –

ich will da besser nichts sagen dazu; es sind eure Freunde."

„Du machst es ja spannend. Da werde ich Marlies nachher gleich mal anrufen. Und, hat es dir denn gefallen?"

„Ja, schon, aber es war doch anders."

„Anders?"

„Anders, als ich es mir vorgestellt hatte. Ich glaube, Camping ist nicht so mein Ding."

„Aber Tilo war doch dabei. Habt ihr denn keinen Spaß zusammen gehabt?"

„Doch, schon, haben wir."

„Was habt ihr gemacht? Geangelt?"

„Auch, ja. Schau, hier!" Olaf kramte in seinen Sachen und hielt die Angel hoch, die er von der alten Älvdalen bekommen hatte.

„Ist das deine?"

„Ja, toll nicht?"

„Wo hast du denn das Geld dafür her gehabt, die war doch bestimmt nicht billig!" Seine Mutter nahm die Angel in die Hand und betrachtete sie ausführlich.

„War ein Geschenk!"

„Ein Geschenk?" sagte sie ungläubig. „Wer verschenkt denn Angeln – Dieter?"

„Nein, habe ich von einer älteren Dame, ist aber auch eine längere Geschichte und jetzt bin ich wirklich müde."

„Na klar, wir können ja später weiter reden. Deine Post liegt oben und dann ist da noch ein Zettel…"

„Ein Zettel?"

„Ja, da hat eine Manuela angerufen neulich."

„Manuela?" Olafs Herz blieb fast stehen.

„Ja, kenne ich die?"

„Glaube nicht. Was wollte sie denn?"

„Ach, nichts weiter: nur sagen, daß ihre

Geburtstagsfeier früher anfängt. Aber das hat sich ja erledigt, weil du sowieso nicht da warst."

„Hast du ihr das gesagt?"

„Natürlich habe ich; oder sollte ich nicht?"

„Doch, doch, schon in Ordnung."

„Du sollst dich bei ihr melden, wenn du wieder da bist. Die Nummer habe ich sicherheitshalber auf den Zettel geschrieben."

„Bei ihr melden?"

„Ja, hat sie gesagt. Wer ist denn das?"

„Ach, die geht in die Nachbarklasse."

„Und was hast du mit ihr zu schaffen?" seine Mutter legte den Tonfall in ihre Stimme, den er von ihr schon kannte, wenn es um das Thema Mädchen und Olaf ging.

„Nichts, eigentlich. Geht bestimmt um ein Referat oder so."

„Und deswegen lädt sie dich zum Geburtstag ein?"

„Sie hat alle eingeladen, Mama."

„Ach so", sagte seine Mutter, „dann kannst du sie ja gleich mal anrufen."

„Jetzt?"

„Natürlich!" Warum denn nicht? Sie wartet doch bestimmt schon auf deinen Anruf."

„Bestimmt nicht!"

„Woher willst du das denn so genau wissen?"

„Weil ich eigentlich erst in zwei Wochen zurück komme, du erinnerst dich?"

„Sie wird sich trotzdem freuen!"

„Vielleicht nachher, ich will jetzt in mein Bett, ehrlich!" sagte Olaf und ging die Treppe hoch in sein Zimmer.

Olaf lag auf seinem Bett und starrte mit geschlossenen Augen an die Decke. Manuela hatte angerufen! Sie wußte, warum er nicht zu ihrem

Geburtstag hatte kommen können, sie war nicht sauer, sie wollte, daß er sich meldet. Er konnte sich weiter auf der Schule sehen lassen und mußte sie nicht wechseln! Alles hatte sich eigentlich in seinem Sinn entwickelt und alles wäre gut – wenn, ja wenn er nicht Petra getroffen hätte. Sie hatte es geschafft, daß er Manuela völlig vergessen hatte. Doch jetzt war sie zurückgekehrt in seinen Kopf. Manuela war noch immer Manuela. Dieselbe Manuela, mit der er auf der Abschlußfete getanzt hatte und die danach sein ganzes Denken bestimmt hatte. Aber jetzt hatte er Petra, oder etwa nicht? Er war sich da nicht mehr so sicher nach seiner überstürzten Abfahrt. Außerdem, wie hatte er noch vor zwei Wochen über seine Gefühle für Manuela gedacht! Wie hatte er gelitten, als er nach Schweden fahren mußte. Er hätte damals alles getan, um diese Fahrt zu verhindern – diese Fahrt, die ihm Petra gebracht hatte. Was hätte er gemacht, wenn er Petra nicht kennengelernt hätte? Wie hätte er sich jetzt gefühlt? Was hätte er gedacht, über seine plötzliche Rückkehr? Hätte er sich nicht wahnsinnig gefreut, früher wieder hier zu sein, hier in ihrer Nähe? Es war zum Verzweifeln. Er versuchte, sich über seine wirklichen Gefühle klar zu werden. Wenn Petra jetzt hier wäre, hätte seine Entscheidung fest gestanden, ja, es hätte gar keine Entscheidung gegeben. Da war er sich so sicher, wie man sich sicher sein konnte. Sie war aber nicht hier und ein Wiedersehen, wenn es überhaupt dazu kommen sollte, war mehr als fraglich. Manuela war real, war greifbar. Auch, wenn er sie nicht anrufen würde, würde er sie spätestens nach den Ferien sehen und sich dann der Situation stellen müssen. Es gab keinen Ausweg für ihn; er mußte etwas tun, irgendetwas. Er schaltete das Radio ein, um sich auf andere Gedanken zu bringen.

„Torn between two lovers…", schmetterte Mary MacGregor, „…feeling like a fool…" „Nein!" sagte er, „das nicht, nicht jetzt!" Er griff nach seinem Kopfhörer und ließ eine seiner Kassetten laufen.

Eine Stunde später verließ er sein Zimmer. Er hatte beschlossen, daß mit dem Anruf bei Manuela hinter sich zu bringen:

„Ja, Manuela? – hier ist Olaf – danke, gut und dir? – schön – nee, ging so – ja, früher - lange Geschichte – gerne, wann? – heute? Von mir aus - ja, klar – fünfzehn Uhr ist gut, am Platz? – nein, der an der Fußgängerzone – genau, am Brunnen – ich mich auch – ja, bis nachher dann!"

Olaf legte den Hörer auf. Seine Hände zitterten leicht. Es war kurz vor eins, er hatte noch genügend Zeit, bis er los mußte. Das war gut, denn er hatte auch noch ein paar Dinge zu tun bis dahin: er trug noch immer die Sachen, die er bei seiner Rückfahrt angehabt hatte und, die er auch in Schweden getragen hatte.

„Bäh!" er rümpfte die Nase, als er an seinem T-Shirt gerochen hatte. „Duschen wäre wohl auch eine gute Idee, wenn du sie nicht sofort flach legen willst!" sagte er und mußte dabei grinsen. Es ging ihm besser, ja, es ging ihm sogar fast gut.

„Na also!" Olaf betrachtete sich im Spiegel: Er hatte geduscht und sich umgezogen. „Ich geh´ noch weg, Mama!" rief er seiner Mutter zu, die in der Küche werkelte, als er das Haus verlassen wollte.

„Ja, gut! Aber komm nicht so spät, wir wollen heute zusammen essen!"

„Wann denn?"

„So gegen sieben!"

„Geht klar", sagte er und trat aus der Haustür. Seine

Stimmung besserte sich von Augenblick zu Augenblick. „Warum auch nicht, du brauchst kein schlechtes Gewissen zu haben", sagte er zu sich, „es ist nur eine Verabredung, ganz locker, weil ich nicht zu der Feier… Geburtstag!" Es lief ihm kalt über den Rücken. „Ein Geschenk! Ich brauche ein Geschenk! Was?" Er griff in seine Tasche und verlangsamte seinen Schritt. „Nicht gerade viel!" sagte er, als er die Münzen gezählt hatte. Sein Blick wanderte die Straße entlang. „Na klar, das ist es!" Seine Augen leuchteten und er steuerte den Supermarkt zwei Ecken weiter an. Als er ihn wieder verließ, hatte er eine Flasche Sekt in der rechten Hand.

Es war zehn vor drei, als er an dem Brunnen auf dem großen Platz eintraf. Er sah sich um: Viele Menschen, aber keine Manuela. Olaf setzte sich so auf den Brunnenrand, daß er in die Richtung schauen konnte, aus der er ihr Kommen erwartete.

Und wirklich, kurz vor fünfzehn Uhr sah er sie. Ganz hinten in seinen Augen hätte man einen seltsamen Glanz entdecken können, wenn man genau hingesehen hätte. Natürlich wußte er, wie Manuela aussah und er wußte auch, daß sie zu den begehrtesten Mädchen an seiner Schule gehörte, aber als er sie jetzt langsam auf sich zukommen sah, blieb sein Herz fast stehen: Sie hatte ihre langen blonden Haare zu einem Pferdeschwanz gebunden und trug ein weißes, bauchfreies Top mit einer kurzen, ebenfalls weißen Tennisshorts. Ihr Gang hatte etwas Schwebendes und das Weiß ihrer Kleidung betonte die Bräune ihrer Haut. Sie sah umwerfend aus.

„Hi!" sagte Manuela, als sie Olaf erreicht hatte. Das Top war so luftig, daß er die Unterseite ihrer Brüste sehen konnte. Sie trug wie das letzte Mal keinen BH; er fragte sich, ob sie das immer tat.

„Hi!" sagte er und stand im selben Moment auf. Jetzt konnte er von oben in das Top schauen. Er schluckte kurz. „Alles Gute!" sagte er und hielt ihr die Sektflasche hin.

„Für mich?"

„Ja, nachträglich, du weißt schon…"

„Das ist aber lieb von dir!" Sie drückte dem überraschten Olaf einen Kuß auf den Mund. „Was ist mit dir?"

„Was soll sein?"

„Na, das…" sie spitzte ihren Mund, „habe ich ganz anders von dir in Erinnerung!" Olaf spürte, wie sein Blut ihm ins Gesicht schoß. „Du erinnerst dich doch?"

„Natürlich, wie könnte ich… äh, du bist total braun!" sagte er, um das Gespräch in eine andere Richtung zu lenken, „war viel Sonne da, wo du warst, oder?"

„Ja, den ganzen Tag, beinahe schon zu viel, oder?" sagte sie und drehte sich dabei einmal langsam um sich selbst.

„Nein, du siehst toll aus!"

„Wirklich?"

„Steht dir voll gut."

„Danke", sagte sie und drückte ihm wieder einen Kuß auf den Mund. Diesmal reagierte Olaf. „Schon besser". Sie lächelte. „Vielleicht müssen wir deine Zunge erst ein bißchen lösen, die ist dir da oben im Norden wohl eingefroren…" Sie hielt die Sektflasche in die Höhe: Hast du Gläser?"

„Gläser? Nein, nicht hier!"

„Na, geht auch so – wollen wir?"

„Hier?"

„Wo denn?"

„Im Park?"

„Gute Idee, komm!" sagte sie und griff nach seiner rechten Hand. Sie zog ihn an sich heran und legte seinen Arm um ihre Hüften. Olaf spürte die nackte Haut zwischen Shorts und Top und er sah bei jedem Schritt, wie sich ihre Brüste bewegten. Manuelas Brüste waren größer als die von Petra. Sie glichen eher denen von Conny. Petra! Da war sie wieder und für einen kurzen Moment kamen ihm Zweifel an dem, was er gerade tat. Doch sie zerstreuten sich sofort wieder.

Sie hatten den Park erreicht und suchten sich eine Bank etwas abseits vom Hauptweg.

„Da, das ist deine Aufgabe!" Manuela reichte Olaf die Flasche zum Öffnen. Er gab sich alle Mühe, obwohl er nicht gerade viel Erfahrung darin hatte, Sektflaschen zu öffnen. Der Korken ließ sich zuerst gar nicht bewegen. Mit Hilfe einer Ecke seines T-Shirts bekam er ihn dann aber Stück für Stück heraus. Er hatte es fast geschafft.

„Na also!" sagte er und sah Manuela an. In diesem Moment legte der Korken das letzte Stück ohne fremde Hilfe zurück und schoß mit einem lauten Knall in den blauen Himmel – gefolgt von einer sprudelnden Fontäne.

„Was?" schrie Manuela und sprang, genauso wie Olaf, auf. Er versuchte, den Fluß aus der Flasche zu stoppen, in dem er sie sich an den geöffneten Mund hielt, was dazu führte, daß ein Teil des Inhalts über sein Kinn nach unten lief. „Hey! Laß mir auch noch was, ist schließlich mein Geburtstagssekt!" sagte Manuela und griff grinsend nach der Flasche. Olaf sah auf ihr Top, das zur Hälfte in Sekt gebadet hatte. Es war an den Stellen durchsichtig.

„Trocknet wieder!" sagte er und wischte mit seiner Hand über das Top. Dabei spürte er deutlich eine von Manuelas Brustwarzen. Er zog seine Hand sofort zurück und griff nach der Flasche.

„Ist das besser…" sagte Manuela und führte seine

andere Hand an ihre rechte Brust, „oder das?" Sie zeigte auf die Flasche und sah ihn herausfordernd an.

„Ich, ich habe nicht so viel Erfahrung", stotterte er, „ich meine, mit dem Öffnen von Sektflaschen." Seine Hand lag noch immer auf Manuelas rechter Brust und er merkte, wie sie sich langsam kreisend bewegte. Da war es wieder, dieses Gefühl, das ihn schon bei ihrer ersten Begegnung so verwirrt hatte.

„Und damit?" Manuela schlang ihre Arme um seinen Hals und zog ihn zu sich heran. Er ließ die Sektflasche auf den Boden fallen und seine rechte Hand umfaßte ihre Hüfte, die linke wanderte ebenfalls nach unten. Beide trafen sich auf Manuelas Rücken unterhalb der nackten Stelle ihres Tops. Er spürte ihre Haut, ihre Nähe und die Wärme, die von ihr ausging. Ihre Lippen näherten sich und schließlich berührten sich ihre Zungen.

Als er an diesem Abend in seinem Bett lag, fühlte er sich gut. Sehr gut. Er dachte an den Nachmittag und er dachte an Samstag. Sie hatten sich zum Kino verabredet, nachdem er sie gegen achtzehn Uhr nach Hause gebracht hatte. Den Weg vom Park zu dem Haus ihrer Eltern hatten sie eng umschlungen zurückgelegt. Immer wieder waren sie stehen geblieben und hatten sich geküßt und gestreichelt. Ihre Berührungen elektrisierten ihn. Er schwebte im siebten Himmel. Petra war so weit, wie sie nur sein konnte, sie drang nur noch entfernt zu ihm, wie durch einen dichten Nebel. Ihr Gesicht verschwamm mehr und mehr und begann, sich aufzulösen. Sie erschien ihm wie einer seiner Träume. Es waren keine zwei Tage, daß er mit ihr auf jenem Campingplatz gewesen war; hatte er da nicht ähnliche oder sogar dieselben Gefühle für sie gehabt oder täuschte er sich da? Warum fühlte er sich so gut, müßte er sich nicht scheußlich fühlen, schuldig gegenüber Petra? Über diesen Gedanken schlief er schließlich ein…

Olaf lag auf einer Liege, über ihm bewegten sich die Blätter der Palmen am tiefblauen Himmel leicht im Wind, vor ihm erstreckte sich der weite, dunkelblaue Ozean. Es war herrlich. Er griff nach seinem Cuba Libre. Aus dem Wasser sah er den Körper einer jungen Frau auftauchen. Die Umrisse ihres perfekten Körpers zeichneten sich deutlich im Gegenlicht ab. Ja, es war Manuela. Er winkte ihr und sie winkte zurück. Sie kam langsam auf ihn zu. Sie trug einen weißen Bikini, der ihre Haut besonders braun erscheinen ließ. Fast hatte sie ihn erreicht.

Als sie vor seiner Liege stand, beugte sie sich zu ihm herab. Er schloß die Augen und spitzte die Lippen. Er spürte die Berührung und er spürte die Spitze ihrer Zunge in seinem Mund. Es war, als wenn etwas Scharfes ihn berührte und er bildete sich ein, Blut zu schmecken. Er öffnete die Augen wieder:

„Petra?" rief er erschreckt. Manuela war verschwunden und Petra stand vor ihm. Er erkannte sie nur an ihrem Gesicht: Ihr grüner Körper glich dem einer Echse. Ihre Beine waren lang, sehr lang und hatten sich an beiden Enden um seine Liege geschlungen. Ihre Füße besaßen Zehen, die mit monströsen Krallen ausgestattet waren. Eine Berührung von ihnen würde ihn ohne weiteres der Länge nach aufzuschlitzen zu vermögen. Der schuppige Schwanz tanzte über ihrem Kopf und das spitze Ende zeigte auf Olafs Körper. Aus ihrem geöffneten Mund hing ihre Zunge, die mehr als einen Meter lang war und an den Seiten unendlich viele kleine Zähne besäß, die denen einer Säge glichen.

„Du mieser Feigling!" zischte sie und ließ die Zunge

in seine Richtung schnellen. Er hielt sich die Hände vor das Gesicht und ließ sich seitwärts in den Sand fallen. Er fiel auf etwas: Es war Manuela. Sie hatte auf dem Rücken vor der Liege im Sand gelegen. Ihr Körper war auf mehr als die doppelte Größe angewachsen. Dort, wo ihr Bauch hätte sein müssen, klaffte ein großes Loch, in dem sich etwas bewegte, das einem Strudel glich. Dieser Strudel erhob sich einer Windhose gleich und versuchte, ihn in sie zu saugen. Olaf wandte seinen Blick ab und sah nach oben: Über der Liege schwebte Tilo, der völlig nackt war und aus dessen Mund jetzt Petras Kopf schaute, Petras Hände waren an der Stelle, wo sich Tilos Beine hätten befinden müssen. Sie hielten etwas, das wie ein riesiger Baumstamm aussah und bewegten es auf Olaf zu.

„Nein!" schrie Olaf und hielt sich die Hände vor sein Gesicht, „neiiiiiin!"

Schweißgebadet öffnete er die Augen. Er lag noch immer auf seinem Bett. Er atmete schwer. Olaf sah sich um: Da war keine Petra, keine Manuela und auch kein Tilo: „Ein Traum, alles nur ein Traum", murmelte er erleichtert und schlief wieder ein.

Es war nicht leicht, seinen Freunden zu erklären, warum er am Samstag keine Zeit für sie hatte. Zum Glück war wenigstens Tilo nicht da, er hatte sich nur einmal kurz per Telefon gemeldet. Das mit seinen Eltern schien doch ernster zu sein. Olafs Mutter war bei Marlies und Dieter gewesen. Als sie zurück kam, war sie sehr schweigsam und wirkte irgendwie bedrückt. Das gab ihm schon zu denken. Aber, das war zum Glück eines der Probleme, die er nicht lösen mußte. Er hatte andere. Schließlich mußte er seinen

Freunden gegenüber mit der Wahrheit raus, zumindest einem kleinen Teil davon. Er erzählte ihnen von seinem Date mit Manuela.

„Die Manuela – noch immer die?" Gerald schüttelte seinen Kopf, „ist die in den Ferien erblindet?"

„Oder hast du sie unter Drogen gesetzt?" Clemens grinste ihn an.

„Du meinst, die von der Fete?" sagte Karsten. Olaf nickte. „Nein, echt?"

„Echt!"

„Aber, wie hast du…" begann Karsten.

„Ich muß, Leute!" sagte Olaf.

„Ja, geh nur – bei der Fete war es dunkel, heute scheint die Sonne, denk dran!" rief ihm Karsten hinterher.

Wenn man ihn gefragt hätte, welchen Film er gesehen hatte, ja wahrscheinlich sogar in welchem Kino er gewesen war, er hätte es nicht sagen können. Er hatte das Gefühl, daß Manuela 100 Hände und 1000 Zungen hatte. Er fühlte sich wie nach einem Marathonlauf, als sie das Kino verließen.

„Wollen wir noch was trinken, ich hab einen Brand!" sagte er und sah sie erwartungsvoll an.

„Gerne, wo denn?"

„Ferrari. Kennst Du das Ferrari?"

„Ja, kenn ich, aber…"

„Ist nicht dein Laden?"

„Doch schon, ganz nett – aber nicht heute; ist immer so voll da am Samstag."

„Gut, dann gehen wir woanders hin, hmm…" Olaf überlegte, was er Manuela vorschlagen könnte. Einen Augenblick dachte er daran, sie zu fragen, ob sie zu ihm gehen wollten. Seine Eltern waren am frühen Mittag abgefahren nach Cuxhaven, mit seiner

Schwester natürlich, und das hieß, daß er das Haus für sich hatte. Bevor er noch abschließend über diesen Gedanken nachgedacht hatte, sagte Manuela:

„Ich wüßte da was!"

„Was denn?" Olaf wirkte erleichtert, daß ihm die Entscheidung abgenommen worden war.

„Laß dich überraschen! Es gefällt dir bestimmt!"

„Meinst du?"

„Ganz bestimmt, jede Wette!"

„Gut, dann, bitte!" Er zeigte mit der Hand auf die Straße. Sie hängte sich bei Olaf ein und zog ihn mit sich fort.

„So, da ist es!" sagte sie schließlich.

„Aber, das kenne ich: Hier wohnst du!" sagte Olaf überrascht.

„Ja, und – hast du ein Problem damit?"

„Ich? Nein, aber deine Eltern, was sagen die…"

„Die sind aus!" Sie holte den Schlüssel aus ihrer Handtasche, „und außerdem hätten die nichts dagegen."

„Sicher?" sagte Olaf zweifelnd.

„Ziemlich!"

„Ziemlich…", wiederholte Olaf.

„Also, was ist nun?" Der Schlüssel tanzte vor Olafs Gesicht.

„Gib her!" sagte er entschlossen und griff danach.

„Hier!" hauchte sie und ließ den Schlüssel in seine Hand fallen. Dann ging sie vor ihm durch den Garten auf das Haus zu. Dabei bewegte sie alles, was sie hatte und Olaf begann erneut, zu schwitzen. Er konnte seine Augen nicht von ihr lassen und wäre beinahe gegen sie gerannt, als sie vor der Haustür stehen blieb.

„So, da wären wir!" sagte Manuela, als sie in das Innere des Hauses traten. „Wäre schön, wenn du deine

Schuhe ausziehst – für den Anfang!" sagte sie mit einem geheimnisvollen Lächeln um die Mundwinkel, als sie ihre abstreifte. Sie sah seinen fragenden Blick: „Meine Eltern wollen das so!" Sie sah ihn an: „Zumindest das mit den Schuhen!" fügte sie hinzu.

„Ich dachte, die sind nicht da!" sagte Olaf erschreckt.

„Ganz ruhig, sind sie auch nicht!" beruhigte ihn Manuela.

„Dann ist gut", sagte er und sein Puls wurde kurzzeitig etwas langsamer.

„Komm, hier rein", sie öffnete eine große, hölzerne Tür.

„Das ist dein Zimmer?" fragte Olaf erstaunt, als er den Raum betrat.

„Nein, das ist das Wohnzimmer."

„Aber.."

„Hier sind die Getränke! Du wolltest doch was trinken?"

„Ja, auf jeden Fall!" Olaf spürte seine trockene Kehle, die sich immer mehr zusammen zog. Was war, wenn ihre Eltern früher nach Hause kamen und sie hier zusammen fanden? Er schüttelte sich und versuchte, diesen Gedanken weit, weit weg zu schieben. Er war hier und Manuela war hier. Sie würden jetzt etwas Trinken und alles Weitere würde sich finden. Er beschloß, die Situation so zu nehmen, wie sie eben war und alles einfach auf sich zukommen zu lassen.

Er sah sich um: Das Wohnzimmer war ein, wie er fand, riesiger Raum. Aber das war nicht verwunderlich, denn auch das Haus von Manuelas Eltern war groß, größer als das seiner Eltern, es war eher schon eine Villa. Sein Blick wanderte langsam weiter durch den Raum: links eine Eßecke, Tisch, vier Stühle, die Fenster zogen sich fast von der Decke bis zum Boden; rechts eine Couchecke, Fernseher, Bücherregal. Auch hier Fenster bis zum Boden. Auf dem Parkett lagen an verschiedenen Stellen Orientteppiche. Geradeaus vor ihm eine Blumenbank und eine Tür, die wohl in den Garten führte.

„Was willst du trinken?"

„Was hast du?"

„Was du willst, da!" Manuela öffnete eine Klappe in einem Schrank und da stand eine ordentliche Anzahl von Flaschen mit allen nur erdenklichen hochprozentigen Getränken.

„Wauw!" sagte Olaf und besah sich die einzelnen Flaschen. „Habt ihr auch Wodka?"

„Bestimmt! Magst Du Wodka?" sagte sie und durchsuchte den Inhalt des Schrankes.

„Mögen, mögen ist vielleicht zu viel gesagt, aber..."

„Ah, da: Gorbatschow! Ist das in Ordnung?"

„Das ist sehr in Ordnung! Und du?"

„Ich? Eigentlich mag ich lieber, aber egal – ich nehme, was du nimmst."

„Mußt du nicht!"

„Wodka ist in Ordnung! Wir können ja später noch was anderes..."

„Später?" Olaf sah sie fragend an.

„Ja, oder wolltest du gleich wieder los?" sagte sie und legte große Enttäuschung in ihre Stimme.

„Nein, nein, überhaupt nicht. Ich dachte nur, wenn deine Eltern..."

„Vergiß doch endlich meine Eltern. Und außerdem wollte ich dir ja noch mein Zimmer zeigen, du erinnerst dich?"

„Ja, von mir aus gerne." Olaf wollte sich in Richtung Tür bewegen.

„Wo willst du hin?"

„Na, ich dachte, dein Zimmer..."

„Später, Olaf, später!" sagte Manuela lächelnd und

öffnete ein anderes Fach in dem Schrank. Sie holte zwei Gläser heraus, die sie randvoll mit Wodka füllte. Das eine reichte sie Olaf:

„Dann, auf den Abend!"

„Auf den Abend!" sagte Olaf und schaute den Inhalt des Glases an.

„Runter damit!" sagte Manuela und schüttete sich den Inhalt ihres Glases in die Kehle.

„Na, denn!" Er leerte sein Glas auch in einem Zug. „Gut, das Zeug!"

„Noch einen?"

„Warum nicht!" sagte Olaf, der hoffte, daß ihn die Wirkung des Alkohols etwas lockerer machen würde. Manuela schenkte nach und sie schütteten sich auch den Inhalt des zweiten Glases in den Rachen. Nachdem sie noch zwei weitere Gläser geleert hatten, sagte Manuela:

„Ups, du wills mich wohl be, betrunken machen!"

„Ich? Dich? Wer, wer schenkt denn immer nach!" Olaf bemühte sich, deutlich zu sprechen und aufrecht zu stehen, denn er merkte, wie der Wodka begann, seine Wirkung zu tun. „Ich glaube, glaube, das reicht erstmal, erstmal!" sagte er.

„Gut, von mir aus, von mir…" sagte Manuela und stellte die halbleere Wodkaflasche zurück in den Schrank. „Das is auch was Feines!" Sie hatte eine andere Flasche in der Hand, „is ein Likör, voll lecker!"

„Likör?"

„Ja, Likör. Willst du ein?"

„Aber nur klein, ja?"

„Nur klein und dann, dann…"

„Was dann?"

„Dann zeig ich, zeig ich mein Zimma!"

„Dein Zimma, genau, zeig ich dein Zimma!"

„Komm, wir gehen gleich und, und trinken oben!"

„In dein Zimma!"

„Genau, in mein Zimma!"

„Wie Du meins!" Olaf folgte Manuela, die vor ihm, leicht schwankend, das Wohnzimmer verließ. In der Hand die Flasche mit dem Likör.

„Komm, hier!" sagte sie, als sie die Treppe erreicht hatten und legte ihren freien Arm um seine Schultern. „Da oben hoch!"

„Ja!" sagte Olaf und umfaßte ihre Hüfte. Sie sahen sich an und er zog sie zu sich heran. Sine Zunge war noch erstaunlich beweglich.

„Gehen wir!" hauchte Manuela.

„Nach hoch zu dein Zimma!" sagte Olaf und sie stiegen zusammen die Treppe nach oben.

„Hier is es!" sagte sie und öffnete eine Tür. Sie schob Olaf in das Zimmer und folgte ihm. Mit ihrem Po drückte sie die Tür ins Schloß. Olaf stand in dem Raum, der durch eine Lampe mit einer roten Glühbirne in ein diffuses Licht getaucht wurde. Er sah auf das breite Bett vor sich. Von hinten spürte er, wie sich die Arme von Manuela um seinen Körper legten. Er spürte ihre Brüste und er spürte seinen Körper, dem das alles sehr zu gefallen schien.

„Manu eela, eela, was, was machs du?" Er spürte ihre Hände, die an seinem Reißverschluß nestelten, nachdem sie den Knopf darüber geöffnet hatten.

„Ja, was…" sie öffnete den Reißverschluß und zog die Hose nach unten. Dann drehte sie Olaf zu sich und er glaubte zu sehen, daß sie ihren Rock abgestreift hatte. Er rieb sich die Augen: Ja, sie hatte den Rock abgestreift. Jetzt fing sie an, die Knöpfe seines Hemdes zu öffnen. Er versuchte vergeblich, sich dagegen zu wehren. Mehr noch, seine Hände wanderten zu ihrer Bluse, die Knöpfe sprangen auf und die Bluse landete neben seinem Hemd am Boden. Er spürte den sanften

Druck ihrer Brüste auf seinem nackten Oberkörper und er fühlte die Haut ihres Körpers unter seinen Händen, als sie ihn nach hinten auf das Bett drückte…

Dreizehntes Kapitel

Grell schien die Sonne durch das Fenster und Geschirrklappern aus der Küche hatte Olaf aus einem unruhigen Schlaf gerissen. Was war passiert, warum war Petra nicht gekommen? Eigentlich wollte er im Bett bleiben, aber am Ende ließ er sich davon überzeugen, daß man das an einem solchen Tag nicht tut.

Den ganzen Tag über war er ungenießbar. Den ganzen Tag über dachte er an Pit und war mal traurig, mal wütend. So hatte er sich das alles nicht vorgestellt. Seine Eltern und Ilona waren schon früh vom Strand nach Hause aufgebrochen, er blieb noch und schaute Löcher in die Luft. Vielleicht dachte er, daß Petra plötzlich vor ihm stand. Aber, wie konnte sie? Sie wußte ja nicht, daß er hier war, daß sich ihr Strandkorb an dieser Stelle befand. Auch das hatte er versäumt, ihr zu schreiben. Er hatte so vieles zu tun versäumt. Schließlich hatte er genug vom Löcherstarren und machte sich auf den Rückweg.

Als er die Tür zur Ferienwohnung aufschloß und ins Wohnzimmer wollte, hörte er die Stimme seiner Mutter:

„Da liegt was für dich auf dem Küchentisch!"

„Aha", sagte er und setzte seinen Weg ins Wohnzimmer fort, beiläufig fragend:

„Was denn?"

„Ein Briefumschlag!"

„Wofür?"

„Wofür? Keine Ahnung, für dich jedenfalls. Steht dein Name drauf."

„Briefumschlag? Mein Name?" Schlagartig wurde ihm bewußt, daß es sich nur um eine Nachricht von Petra handeln konnte. Tilo war noch nicht da und wer sonst sollte ihm hier einen Briefumschlag zukommen lassen! „Wo ist der Umschlag noch gleich?"

„Noch immer auf dem Küchentisch!"

„Ah, da, ja, danke." Olaf riß den Umschlag noch im Danachgreifen auf: Und wirklich, er war von ihr. Es war ein Zettel darin. Seine Hände zitterten, als er ihn herausnahm und auseinander faltete.

„Was ist es denn?" wollte seine Mutter wissen.

„Ach, nichts…konnte nicht kommen…"

„Von Tilo?"

„…Tagesfahrt…äh, ja,…Eltern…"

„Was schreibt er denn?"

„Wer?"

„Tilo!"

„Was ist mit Tilo?!...sehr spät…"

„Was er schreibt?"

„Was wer schreibt?"

„Tilo!"

„Wieso schreibt er?"

„Olaf, du hast doch gesagt, daß er von Tilo ist!"

„Wer?!"

„Junge, stell´ dich doch nicht dümmer als du bist: Der Brief!"

„Ach, der Brief, ja, der ist von Tilo."

„Und?"

„Und was?"

„Was schreibt er denn nun, herrje!"

„Er schreibt – bin etwas später zurück heute…!"
„Was schreibt er? Olaf?" Da fiel die Tür ins Schloß.

„Siebzehn Uhr, eine Stunde!" sagte Olaf. Petra hatte geschrieben, daß sie um dieselbe Zeit an derselben Stelle sein würde, an der sie sich den Tag zuvor hatten treffen wollen. Im Dauerlauf trabte er die Straße entlang, so schnell er konnte. Sie hatte geschrieben, daß sie gestern mit ihren Eltern eine Tagesfahrt nach Bremerhaven unternehmen mußte – eine Idee ihres Vaters – der ein großer Anhänger der christlichen Seefahrt war – und der Besuch des Schifffahrtsmuseums war da natürlich ein Muß, wenn man schon in der Gegend war. Für die ganze Familie natürlich. Heute früh hatte sie den Umschlag in den Kasten geworfen. Da hatte er nun den ganzen Tag gelegen und er hatte nichts davon geahnt. Sie hatte sogar beschrieben, wo ihr Strandkorb zu finden war. Falls er da am Tag nicht hinkommen könnte, würde sie um achtzehn Uhr an der Kugelbake warten.

Er verlangsamte seinen Schritt, es war noch genügend Zeit und er spürte schon die Stiche in seiner Seite. Wieder schwirrten die Gedanken durch seinen Kopf, die ihn schon gestern verfolgt hatten: Ob sie heute da war? Natürlich war sie das, warum hätte sie sonst den Brief geschrieben! Aber, wenn er nun doch recht hatte damit, daß sie nichts mehr von ihm wissen wollte und sie das mit der Verabredung nur getan hatte, weil sie sich überlegt hatte, ihm das persönlich zu sagen?

So lief er Richtung Strand und sein Schritt verlangsamte sich immer mehr. Als er den Deich auf Höhe des Kurparks erreicht hatte, blieb er stehen. Er wußte nicht, ob er weitergehen, oder einfach umkehren sollte. Sein Herz pochte wieder wie wild. Olaf schaute nach oben: Wolken waren am Himmel und die Sonne fand nur noch wenige Möglichkeiten, zur Erde durchzudringen. Ein leichter Wind wehte.

Er sah sich um: ein Stück weiter standen ein paar Bänke. Sie waren alle leer. Außer ihm war niemand zu sehen. Ganz anders, als gestern. Es war jetzt kurz nach halb sechs. Er hatte noch Zeit genug, Zeit genug zu zweifeln und Zeit genug, um wegzulaufen. Er ließ sich auf eine der Bänke fallen und zog den Brief von Petra aus der Hosentasche. Er faltete ihn auseinander und starrte ihn an, ohne zu lesen.

„Olaf?" Olaf reagierte nicht. „Hey! Was ist mit dir!" Er hob seinen Kopf und sah jemanden vor sich stehen:

„Petra!" rief er überrascht und schoß in die Höhe. Da stand er nun und sie direkt vor ihm: Ja, es war Petra, seine Petra. Diesmal war es kein Traum, sie war es wirklich. Sie war da. Auf einmal war sie da, ganz plötzlich. Und sie sah so aus, wie er sie in Erinnerung hatte. Er starrte sie an und sie hatte ihre Augen auf seine gerichtet.

„Deine Haare sind kürzer!" brach sie schließlich das Schweigen.

„Ja, etwas", sagte er und sah nach unten.

„Steht dir!"

„Danke."

„Wollen wir zur Kugelbake?" Olaf nickte.

Sie gingen nebeneinander zum Deich, die Stufen hinauf und auf der anderen Seite wieder hinunter. Keiner sagte ein Wort. Man konnte die Stille hören, obwohl der Wind am Wasser stärker war als auf der anderen Seite des Deiches und den beiden um die Ohren pfiff. Außer ihnen waren nicht viele Menschen unterwegs.

„Gestern war mehr los", sagte Olaf.

„Tut mir wirklich leid, das mit gestern, aber…"

„Schon gut, du hast es geschrieben. Ich weiß, wie das ist!" Olaf sah sie an und lächelte. Petra lächelte zurück.

„Hast du lange gewartet?"

„Nein, nein, nicht sehr."

„Ich dachte schon, heute wird es wieder nichts." Olaf blieb stehen und schaute sie an. Was würde sie jetzt sagen, hatte er recht gehabt mit seinen Befürchtungen, daß sie nur gekommen war, um ihm zu erklären, daß sie sich nicht wiedersehen würden? „Diesmal war es meine Mutter! Die hatte so eine tolle Idee von – egal! Zum Glück ist die Sonne verschwunden und dann wollte sie nicht mehr und meine Eltern sind Essen gegangen."

„Ja, zum Glück", wiederholte Olaf, der sich noch nicht sicher war, ob es zu seinem Glück sein würde.

„Freust du dich denn, daß ich da bin…"

„Ich…"

„Oder…", Petra sah nach unten.

„Ich, ich…", er tastete nach ihrer Hand. Als er sie berührte, glitten ihre Finger in seine. Er drückte ihre Hand ganz leicht und sie erwiderte den Druck. Sie sahen sich nicht an und setzten schweigend ihren Weg zur Kugelbake fort.

Das letzte Stück über den Damm nahm ziemlich viel Zeit in Anspruch, weil der Wind noch stärker geworden war und sie fast schon gegen ihn ankämpfen mußten.

„Ganz schön heftig!" sagte Petra.

„Gestern war es fast windstill. Dafür sind heute keine Leute da!"

„Dann lieber den Wind!"

„Finde ich auch!"

„Warum?"

„Warum?"

„Ja, warum? Stören dich die Leute denn?"

„Schon, weil..."

„Weil es so schöner ist?"

„Genau, weil es so schöner ist!" Olaf sah Petra an. Sie hatten jetzt die Stelle unter der Kugelbake erreicht. „Ich..." begann er wieder, „ich dachte, als du gestern nicht..."

„Daß ich nicht kommen wollte?"

„Ja,..."

„Im Ernst!"

„Nein – ja – also, ich war mir nicht sicher."

„Und jetzt: freust du dich?" wiederholte sie ihre Frage.

„Daß du da bist?" Sie nickte. Er nickte auch.

„Meinst du, ich darf?" Sie legte ihren freien Arm auf seine Schulter.

„Natürlich", sagte er und schaute sie an. Sein Gesicht bewegte sich auf ihres zu. Ihre Lippen hatten sich noch nicht berührt, als beide das Knistern spürten. Der Augenblick, als sie sich dann trafen war unbeschreiblich. Es war wie das Prickeln von Brausepulver auf der Zunge und gleichzeitig wie ein Windhauch, der über die Haut streicht. Da war es wieder, dieses Gefühl, an das er sich erinnerte. Es war, als wenn sie nie getrennt gewesen wären, als wenn es nie etwas anderes gegeben hätte. Alles um sie herum versank für ein paar unendliche Momente.

Hand in Hand gingen sie den Strand entlang. Der Wind blies ihnen ins Gesicht und sie kamen nur langsam voran, aber das störte sie nicht. Sie hatten die Schuhe ausgezogen und liefen mit hoch gekrempelten Hosen auf dem Watt. Still, träumend, glücklich. Sie hatten nicht viel gesagt, keine Fragen. Keine langen

Erzählungen. Die Situation war schon merkwürdig. Sie hatten sich seit einem Jahr nicht mehr gesehen. Sicher, sie hatten sich geschrieben; mindestens einmal im Monat, doch, was wußten sie schon groß voneinander, von den Gewohnheiten, den Launen und den kleinen Fehlern, die wohl jeder hat. Nicht einmal, ob es einen Freund gab, in Berlin, wußte Olaf. Dieses Thema hatten sie immer vermieden, vorsorglich. Und, wenn er ehrlich war, wollte er es auch gar nicht wissen. Petra war da, ging nur ein paar Zentimeter neben ihm, er spürte ihre Hand in seiner, was wollte er mehr? Er drückte ihre Hand etwas fester. Eine wohlige Wärme ging von ihr aus. Am liebsten hätte er sie fest in seine Arme genommen. Warum er es nicht tat, wußte er nicht. Es war, als wenn es nie anders gewesen wäre: er und sie. Sie waren sich so nah, wie man sich nur nahe sein kann und doch war da ein gewisses Gefühl der Fremde, des Sich-Herantasten-Müssen. Ein Kribbeln, eine Spannung, eine Art unsichtbarer Schranke, die man erst wieder öffnen mußte.

Plötzlich blieb sie stehen. Ihre großen braunen Augen beobachteten fasziniert etwas auf dem Wattboden vor ihr.

„Schau mal, da!" Sie deutete auf eine Pfütze, in der sich etwas bewegte.

„Ach, ein Krebs", sagte Olaf gelangweilt, „gibt's hier doch überall."

„Ich bin zum ersten Mal hier oben!"

„Ach ja, ich hatte ganz vergessen, daß es auch Menschen gibt, die nicht jedes Jahr an die Nordsee fahren." Er grinste, während er Petra ansah. Die Sonne hatte sich gerade einen Weg durch die Wolken gebahnt und ihre Strahlen fielen auf Petra wie die eines Scheinwerfers. Sie hatte sich wirklich kaum verändert. Sie war erwachsener geworden, ein Jahr älter eben.

Ihre Figur war noch fraulicher und vor der Sonne zeichneten sich ihre Konturen scharf und deutlich ab. Sie sah überwältigend aus.

„Was ist?"

„Nichts. Willst du ihn mal halten?"

„Den Krebs?"

„Klar, wen sonst!"

„Ich weiß nicht..."

„Angst?" Sie schüttelte etwas unsicher den Kopf. „Dann komm!" Olaf griff nach dem Krebs und hielt ihn Petra hin.

„Er ist so klein!" Sie versuchte, ihn Olaf abzunehmen. „Ich glaube, er mag das nicht sonderlich", sagte sie, „hier, setz ihn zurück!"

„In Ordnung." Olaf setzte den Krebs wieder in seiner Pfütze ab.

„Ob der uns versteht?"

„Der Krebs? Glaube nicht."

„Laß uns weiter, vielleicht gibt es hier noch andere Tiere!"

„Wenn es dir so gefällt, warum warst du dann noch nie hier?"

„Meine Eltern, vor allem meine Mutter!"

„Was ist mit deiner Mutter?"

„Die ist die totale Sonnenanbeterin: Sonne, Strand, Sonne. Das ist ihre Vorstellung von einem gelungenen Urlaub."

„Und warum seid ihr dann dieses Mal an die Nordsee, wenn deine Mutter so dagegen ist?"

„Daß liegt auch an ihr."

„Nanu, wie das?"

„Na ja, eigentlich nicht an ihr, sondern mehr an ihrem Arzt."

„Ihrem Arzt?"

„Ja, ihrer Gesundheit wegen."

„Ist sie denn krank?"

„Nichts Schlimmes. Ihre Lunge..."

„Lungenkrebs?" sagte Olaf erschreckt.

„Nein. Ich sagte doch: Nichts Schlimmes. Hörst du mir überhaupt zu?"

„Doch, schon, wenn es mir auch schwerfällt..."

„Wieso: Rede ich zu leise oder – zu undeutlich?" Olaf schüttelte den Kopf. „Warum dann?"

„Es liegt an dir."

„An mir?"

„Wenn ich dich ansehe, dann schaltet sich da", er tippte sich an die Stirn, „was ab manchmal."

„Hmm", Petra sah ihn an: „du bist süß, aber..."

„Aber?"

„Aber: Wieso nur manchmal!" Sie drückte ihm einen Kuß auf die Stirn und hüpfte über das Watt davon.

„Warte, wenn ich dich kriege!" rief er ihr hinterher.

„Versuch´s doch!" Sie lachte und hüpfte weiter. Olaf nahm die Verfolgung auf. Es überraschte ihn, wie flink sie war: Sie lief im Zick-Zack vor ihm her und es gelang ihr immer wieder, seinen Zugriffsversuchen zu entkommen. In der Mitte eines Priels blieb sie unvermittelt stehen und drehte sich um. Das Wasser ging ihr bis zu den Knien.

„Nicht näher, sonst..." Sie beugte sich vor und tauchte ihre Hände leicht ins Wasser.

„Das wagst du nicht!" Olaf kam langsam auf sie zu.

„Keinen Schritt weiter!" sie hatte ihre Arme jetzt bis zur Hälfte ins Wasser getaucht und zog sie von hinten nach vorne kräftig durch. Das Wasser traf Olaf in voller Breite.

„Das wirst du bereuen!" Er arbeitete sich durch das auf ihn einprasselnde Wasser bis zu Petra vor und versuchte, sie zu greifen. Schließlich gelang es ihm, ihre beiden Arme mit seinen Händen zu umklammern und sie auf ihren Rücken zu drücken. Sie versuchte, ihn abzuschütteln, in dem sie sich um sich selbst drehte. Olaf verlor den Halt und fiel hintenüber ins Wasser, die überraschte Petra mit sich reißend.

„Kalt, das ist eiskalt!" rief sie.

„Du wolltest es doch nicht anders!"

„Ich wußte ja nicht, daß du mir gleich das Tauchen beibringen willst!"

„Na, so schlimm ist es nun auch wieder nicht. Und wenn man erstmal eine Weile drin ist, dann kommt es einem richtig warm vor, du wirst sehen!"

„Na, dann macht es dir auch sicher nichts aus, wenn…"

„Wenn…" Weiter kam Olaf nicht: Petra ließ ihren Körper nach vorne schnellen, die Arme weit nach oben gerissen und ehe er verstand, wie ihm geschah, traf ihn die volle Wucht ihres Körpers und drückte ihn nach hinten und unter das Wasser. „Pe…, Pe…", rief er und seine Arme ruderten in der Luft, sie suchten nach einem Halt, aber es gab da nichts außer Petra. „Ich, ich…"

„Sag ich doch, ich bin zu schwer für dich!" sagte sie und ließ sich von ihm runter ins Wasser rollen.

„Manchmal schon – aber nur manchmal und außerdem mag ich es, wenn ich dich spüre!"

„Na, das hat aber eben einen ganz anderen Eindruck auf mich gemacht", sagte sie lachend.

„Komm her!" Olaf griff mit seinen Händen nach ihr und zog sie an sich. Es war ein wunderbares Gefühl, sich gegenseitig zu spüren. Er fühlte, wie ihr Atem ging und sie hörte das Schlagen seines Herzens.

„Du zitterst ja wirklich!" sagte er nach einer Weile. Er löste sich von ihr und stand auf. „Hier", er streckte ihr die Arme entgegen, „ich helf dir hoch." Sie hielt ihm ihre entgegen und mit einem Ruck zog er sie nach oben.

„Doch nicht zu schwer", sagte sie und schlang ihre Arme um seinen Hals.

Keine zehn Minuten später hatten sie den Strandkorb von Olafs Eltern erreicht. Die Sonne hatte sich wieder vollständig hinter die Wolken zurück gezogen und der weiter auffrischende Wind war durch die nassen Sachen ziemlich unangenehm. Wie erwartet, war der Strandkorb verschlossen. Olaf öffnete das Schloß und entfernte das hölzerne Gitterteil, das die Sitzfläche vor unbefugtem Benutzen schützen sollte. Dann klappte er die Sitzbank hoch und kramte in dem darunter liegenden Fach.

„Hier", sagte er und reichte Petra einen Bademantel. „Ist meiner!"

„Und du?"

„Ich nehm den von meinem Vater!" Er hielt einen zweiten Bademantel mit der anderen Hand hoch.

„Soll ich das nasse Zeug nicht lieber ausziehen?"

„Wenn du mich so fragst", Olaf sah sie an, „auf jeden Fall!"

„Und wenn jemand kommt?"

„Wer sollte denn kommen?"

„Na, deine Eltern zum Beispiel."

„Ach die! Um diese Zeit sitzen die zu Hause vor dem Fernseher."

„Na gut – aber schau weg!" Olaf starrte sie noch immer an. „Olaf!"

„Ja, schon gut", sagte er schmollend und drehte seinen Kopf leicht zur Seite, „immer, wenn es interessant wird…"

„Hier, nimm!" Seine Hand tastete in ihre Richtung und nacheinander durfte er Petras T-Shirt, ihren BH und ihre Jeans über das Holzgitter zum Trocknen legen.

„Fehlt da nicht noch etwas?" sagte er.

„Olaf!" Petra ließ sich in den Strandkorb fallen.

„Ich mein ja nur…"

„Und jetzt du!"

„Wie?"

„Na, jetzt du!"

„Ich?"

„Ja, du bist dran. Jetzt will ich was sehen."

„Was sehen? Ich hab´ doch gar nichts gesehen."

„Ach, das tut mir leid, aber soll ich für deine Dummheit büßen? Also, mach schon!" Sie hatte sich in den Bademantel gewickelt und genüßlich zurück gelehnt.

„Na gut, wie du willst", sagte Olaf und zog sich sein T-Shirt über den Kopf.

„Nicht schlecht für den Anfang, weiter!" Olaf ließ seine Jeans in den Sand fallen und griff dann nach dem Bademantel seines Vaters. „War das schon alles? Fehlt da nicht noch etwas?" sagte Petra grinsend.

„Ja, schon gut." Er zog den Bademantel an und setzte sich neben Petra in den Strandkorb. Sie hatten die Öffnung in die Richtung gedreht, in der sie die Sonne gesehen hätten, wenn nicht die Wolken sie verdeckt hätten.

„Wieso seid ihr denn nun hierher gefahren?"

„Habe ich doch gesagt, wegen der Bronchien meiner Mutter – die gute Seeluft. Der Arzt meinte, das Rauchen einstellen und ein paar Wochen an der Nordsee im Jahr, und sie wird sich fühlen wie neu geboren, du verstehst?"

„Schon, aber warum dann ausgerechnet Cuxhaven?"

„Das ist einfach: Als ich das hörte von der Seeluft und der Nordsee, da fiel mir sofort ein, daß du ja immer im Sommer nach Cuxhaven fährst. Ich habe erzählt, daß Conny – Du erinnerst Dich an sie?"

Er nickte. Klar, erinnerte er sich an sie: Conny war die lange Dünne…

„…daß Conny mit ihren Eltern schon oft dort war und immer so davon geschwärmt hat. Und du siehst, ich bin hier!"

„Ja, das sehe ich – und ich bin sehr froh, daß es so ist!"

„Nicht nur du!"

„Ich, wenn du wüßtest, was ich alles gedacht habe, warum…" Olaf senkte seinen Blick.

„Warum was?" Sie hatte ihre Hand genommen und mit ihr sein Kinn angehoben.

„Warum du nicht gekommen bist gestern oder heute nicht kommst vielleicht. Warum du mich vielleicht gar nicht mehr sehen willst."

„Warum sollte ich dich nicht mehr sehen wollen?" Petra schaute Olaf an. Sie verstand noch immer nicht, wie er auf so einen Gedanken auch nur hatte kommen können.

„Ich habe mir Vorwürfe gemacht."

„Vorwürfe?"

„Ja, letztes Jahr, die letzte Nacht, du erinnerst dich?"

„Vorwürfe, weil wir nicht…"

„Nein, deswegen nicht. Aber, weil ich nicht da war, als du gefahren bist."

„Du hast es mir erklärt. Es war nicht deine Schuld."

„Ja, aber wenn ich nicht zurück gegangen wäre, wenn ich bei dir geblieben wäre…"

„…oder ich das Frühstück hätte sausen lassen!"

„Aber…"

„Olaf! Es ist passiert und es bringt nichts, sich darüber jetzt noch den Kopf zu zerbrechen; vergiß es einfach." Sie legte ihre rechte Hand auf seine Wange: „Ich bin hier, du bist hier, oder?"

„Ja, das ist super, aber…"

„Was aber? Was willst du mir sagen?"

„Ich…" Die Sache mit Manuela lastete wie ein Betonblock auf Olaf. Er hatte das Gefühl, es Petra erzählen zu müssen, es aus sich raus brüllen zu müssen – aber er wußte, daß er damit ihr Wiedersehen schon am Anfang unter einen schlechten Stern stellen würde. Mehr noch, es wahrscheinlich sogar beendete. Er mußte es ihr sagen, aber nicht jetzt, nicht heute. Alles war noch zu frisch dazu. Sie hatten sich gerade wiedergesehen und sie kannten sich noch nicht gut genug dazu. Er mußte ihnen Zeit geben, sich besser kennen zu lernen. Zeit, ihre Beziehung zu festigen, oder besser, eine aufzubauen. Ja, sie saßen hier zusammen, als wenn es das Normalste auf der Welt war: Eingehüllt in ihre Bademäntel mit fast nichts an darunter. Er fühlte sich wohl in ihrer Nähe. Sie gab ihm Wärme und Sicherheit. Und auch ihr schien es gut zu gehen. Sie hatte sich an ihn gekuschelt, ihr Atem ging ruhig, ihre Stirn berührte seine und ihre Hände lagen in seinen. War sie seine Freundin? War er ihr Freund? Waren sie zusammen? Sie hatten noch nie direkt darüber gesprochen und es vermieden, das Wort zu sagen. Aus welchen Gründen auch immer. Sie hatten es beide vermieden. Sollte er sie einfach fragen?

„Ich…" Wiederholte er. Sie sah ihn fragend an. „Nichts, nichts. Du hast ja recht – das ist vorbei und jetzt sind wir hier!" Er beschloß, vorerst zu schweigen und einfach ihre Gegenwart zu genießen.

„Na siehst du, ist doch ganz einfach!" Sie kuschelte sich noch enger an ihn. „Ich bin jetzt da!"

„Ja, du bist da. Jetzt bist du da."

„Und wir haben fast zwei Wochen für uns. Ist das nicht phantastisch?" Ihre Augen strahlten.

„Zwei Wochen, ja, das hört sich an wie eine Ewigkeit."

„Das ist eine Ewigkeit."

„Nein, zwei Wochen sind zwei Wochen." In Olafs Stimme schwang eine gewisse Traurigkeit mit.

„Aber wir können sie zu einer Ewigkeit machen; wenn wir wollen!"

„Können wir das wirklich?"

„Willst du es denn?"

„Ich denke schon. Aber, willst du es?"

„Ich will es auf jeden Fall versuchen, weil…"

„Weil?"

„Weil ich glaube, daß ich dich sehr lieb habe."

„Das hört sich nach einem guten Grund an für den Anfang, um es zu versuchen, finde ich!" Olaf näherte sich mit seinem Gesicht ihrem. Beide schlossen die Augen und warfen einen kleinen Blick in ihre Ewigkeit.

„Wenn die Wolken nicht wären, hätten wir einen schönen Sonnenuntergang heute!"

„Sonnenuntergang?" Petras Augen hatten sich geöffnet und sie saß aufrecht im Strandkorb: „Wie spät ist es?"

„Warte." Olaf kramte in der Tasche des Bademantels nach seiner Uhr: „Gleich neun", sagte er.

„Schon neun?" Es schien, als wenn jegliche Farbe aus Petras Gesicht entwich.

„Was ist?"

„Ich muß. Sofort." Sie war aufgestanden und hatte schon ihren BH in der Hand.

„Schlimm?"

„Vielleicht."

„Und morgen?"

„Ich weiß nicht. Wenn wir uns beeilen, vielleicht."

„Dann laß uns uns beeilen!" Olaf griff nach seiner Hose. „Wann solltest du denn…"

„Um acht!"

„O je." Olaf zog zog sich das T-Shirt an.

„Wir wollten heute Essen gehen zusammen, meine Eltern und ich."

„Nicht gut!"

„Überhaupt nicht."

„Wo wolltet ihr denn Essen?"

„Gleich bei der Pension, da ist so ein Restaurant, da wollten wir hin."

„Weißt du genau, wo es ist?"

„Ja."

„Vielleicht sind sie noch da, hier." Er reichte ihr ihre Jeans und verstaute die Bademäntel wieder im Strandkorb. Bis seine Eltern morgen hierher kämen, wären sie getrocknet.

„Das kann doch nicht..."

„Was ist?" Olaf sah zu Petra, die hoch und runter hüpfte und am Reißverschluß ihrer Jeans zu ziehen versuchte:

„Eingelaufen!" sagte sie.

„Zeig mal", sagte Olaf grinsend und wollte nach dem Reißverschluß greifen und nach dem, was sich oberhalb davon befand und das Schließen desselben verhinderte. Er sah auf ihren Bauchnabel, der umgeben war von dieser unwiderstehlichen sanften Rundung ihres Bauches.

„Dafür ist jetzt keine Zeit", sagte sie und schob seine Hand zur Seite.

„Schade", sagte Olaf „aber aufgeschoben ist nicht aufgehoben!" und gab ihr einen Klaps auf den Po.

„Da, da sitzen sie!" Petra hatte ihr Gesicht gegen eine Scheibe des Restaurants gepreßt.

„Wo?"

„Da hinten!"

„Ich seh nichts", sagte Olaf, der nichts erkennen

konnte, außer einigen schemenhaften Umrissen. Wieder bereute er es, seine Brille nicht dabei zu haben.

„Ist auch egal, sie sind jedenfalls noch da."

„Soll ich nicht mit rein und sagen, daß es meine Schuld war?"

„Das ist keine so gute Idee im Moment."

„Warum nicht?"

„Weil, ich habe ihnen noch nichts von dir erzählt, weil ich nicht wußte, wie… – verstehst du?"

Er verstand. Auch er hatte seinen Eltern nichts von Petra erzählt. Seine Mutter hatte zwar die Briefe gesehen, die ab und zu kamen, aber da er noch zwei Brieffreundinnen hatte zu der Zeit, dachte sie sich nichts weiter dabei. Und daß er noch keine Freundin hatte, wunderte sie überhaupt nicht:

„Dich würde ich nicht geschenkt nehmen", sagte sie immer.

„…und deshalb…" Petras Stimme holte ihn in die Realität zurück – was hatte sie gleich gesagt? „…ist es besser, wenn ich da alleine reingehe."

„Ja, schon in Ordnung."

„Bist du jetzt sauer?"

„Quatsch, warum denn!"

„Danke!" Sie drückte Olaf einen Kuß auf den Mund: „Ich muß jetzt wirklich!"

„Ja, und morgen, was ist mit morgen?"

„Kann ich nicht sagen – wann könntest du denn?"

„Eigentlich immer!"

„Gut, meine Eltern frühstücken immer ziemlich spät. Ich bin schon früher unten. Wenn ich schon weg wäre, wenn sie kommen, würden sie sich wundern."

„Sag mal, wundern die sich denn nicht sowieso, wenn du dauernd alleine durch die Gegend ziehst hier!"

„Nö, eigentlich nicht, die sind das von mir gewöhnt. Meine Anhänglichkeit an Mama und Papa war in diesem Punkt noch nie besonders groß – was im Moment für uns von Vorteil ist, ne?"

„Stimmt!" Olaf gab ihr einen kleinen Kuß auf die Nasenspitze. Sie grinste.

„Ich mag das."

„Was?"

„Daß DU mich auf die Nase küßt!"

„Wirklich?"

„Das hast du in Schweden auch schon gemacht, weißt du noch?" Er wußte es nicht mehr, aber wenn sie es sagte, würde es wohl auch stimmen.

„Na gut, darf ich dann noch einmal?"

„Frag´ doch nicht! Tu es einfach!" Olaf tat es.

„Also, wann?"

„Um elf?"

„Elf ist gut. Und wo?"

„Hier?"

„Gute Idee, aber vielleicht lieber da drüben!" Olaf hatte sich umgedreht und zeigte auf die Bänke auf dem Platz gegenüber.

„Da, wo die Bänke sind?"

„Genau."

„Und auf welcher?"

„Such dir eine aus, ich werde dich schon finden!" Er küßte sie erneut. Zuerst auf die Nase und dann auf den Mund.

„Ich mag es sehr, wenn du mich küßt."

„Du machst das aber auch nicht übel!"

„Na dann…" sagte sie und ließ eine entsprechende Tat folgen. Ihre Küsse waren heiß und innig. Ihre Lippen schienen zu glühen und elektrisch geladen zu sein. Sein ganzer Körper zitterte genauso wie beim ersten Mal. Er umfaßte ihre Taille und seine Hände strichen langsam über ihren Rücken. Sie drückte sich fest an ihn.

„Halt mich, halt mich fest, Olaf", flüsterte sie kaum hörbar. Dann löste sie sich von ihm: „Warte noch einen Moment", sagte sie.

„Worauf?"

„Ich geb dir ein Zeichen wegen Morgen!" Dann verschwand sie im Restaurant.

Er konnte durch die Scheibe sehen, wie sie sich durch die Tische schlängelte. Dann war sie verschwunden. Olaf wartete. Die Minuten vergingen und nichts geschah. Langsam wurde er nervös und begann, das zu tun, was er dann meistens tat: er wanderte hin und her. Dabei blickte er immer wieder durch die Scheiben nach innen. Er wußte nicht, wie viel Zeit er so verbracht hatte, als es von innen gegen eine der Scheiben klopfte. Er sah Petras Gesicht und er sah, daß sie den Daumen ihrer rechten Hand gehoben hatte. Olaf war außer sich vor Freude. Er ballte seine rechte Hand zur Faust und ein:

„Jahhh!" entfuhr ihm. Dann zeichnete er die Form eines Herzens von außen an die Scheibe. Petra hauchte einen Kuß in seine Richtung und verschwand wieder aus seinem Gesichtskreis.

Den Weg nach Hause legte Olaf wie in Trance zurück. Er war trunken von Glück und voll Erwartung auf den nächsten Tag.

In der Ferienwohnung war kein Licht mehr zu sehen, als er dort ankam. Alle schienen schon zu schlafen. Es war zwar erst kurz nach zehn, aber so sah ihn wenigstens keiner bei seiner Rückkehr. Er bemühte sich, alles zu vermeiden, was etwas daran hätte ändern können.

Vierzehntes Kapitel

Wie auf Wolken schwebte Olaf durch die Nacht. Kein Hinabstürzen in Abgründe, keine steilen Felswände und keine Überlebenskämpfe gegen irgendwelche Monster.

„Herrlich!" sagte er, als er die Augen am nächsten Morgen öffnete. Er streckte die Arme in die Höhe und schlüpfte aus dem Schlafsack. „Morgen!" rief er auf dem Weg ins Bad seiner Mutter zu, die in der Küche schon mit den Frühstücksvorbereitungen beschäftigt war.

„Bist du krank?" fragte sie.

„Warum?"

„Du lächelst und es ist noch nicht einmal neun Uhr!" Es war kurz vor halb neun und er fühlte sich wie neu geboren. Selbst die versammelten Gesichter seiner Familie am Frühstückstisch konnten ihm nichts anhaben. Es war sein Vater, der seine Miene versteinern ließ:

„Kinder, ich habe eine Überraschung für euch!"

„Eine Überraschung?" Ilona strahlte, „was ist es denn?"

„Wenn du deinen Vater ausreden läßt, wirst du es erfahren, mein Kind!"

„Ja, Mama", sagte Ilona und sah beschämt auf ihren Teller.

„Ja also, eure Mutter und ich dachten uns, daß es mal etwas anderes wäre, nicht den ganzen Tag am Strand zu verbringen und weil heute Sonntag ist, da hatten wir, d. h. eigentlich war es eure Mutter, eine phantastische Idee: Wir machen einen Tagesausflug nach Helgoland!"

„Nein!" Olaf fühlte, wie das Blut langsam aus seinem Gesicht wich. Helgoland – roter Felsen im Meer. Jeder Erdkundeunterricht erwähnte ihn zumindest einmal. Ilona strahlte über das ganze Gesicht. Sie liebte Schiffsfahrten. Abgesehen davon, daß Olaf sie eher haßte, hätte er heute auch nicht dorthin fahren können, wenn er sie geliebt hätte, denn er war verabredet.

„Doch, wirklich!" bekräftigte sein Vater, der glaubte, daß Olafs „Nein" ein „Nein" des Nicht-Glaubens gewesen war.

„Das ist doch toll, oder?" sagte seine Mutter.

„Ja, toll, toll!" Ilona klatschte begeistert in die Hände, nicht nur wegen der Aussicht auf die Schiffsfahrt, sondern auch, weil sie sich langweilte, so alleine den ganzen Tag am Strand nur mit ihrer Puppe. Sie hätte es nur nie zugegeben.

Olaf schwankte zwischen Verzweiflung und Hoffnungslosigkeit:

„Wann denn?" klammerte er sich mit seiner Frage an den letzten Rest eines nicht vorhandenen Strohhalmes.

„Ja, wann?" Ilona zappelte jetzt pausenlos auf ihrem Stuhl und man mußte befürchten, daß sie jeden Augenblick herunterfallen würde.

„Das Schiff geht um zehn!" sagte Olafs Vater.

„Um zehn? Schon! Das ist nicht zu schaffen."

„Olaf, es ist kurz vor neun – genug Zeit. Mit dem Wagen brauchen wir keine zwanzig Minuten!"

„Ja, der Wagen, klar, den hatte ich vergessen. Und, das geht nicht auch morgen?"

„Morgen? Wieso morgen?"

„Da, da, soll das Wetter besser sein!" sagte Olaf, dem nichts Besseres eingefallen war.

„Blödsinn, ich habe gestern extra den Wetterbericht gehört." Sein Vater schüttelte den Kopf.

„Aber.."

„Kein Aber, wir fahren heute, basta!" Sein Vater widmete sich wieder seinem Frühstücksteller.

„Und, muß ich da denn unbedingt auch mit?" maulte Olaf weiter.

„Ja, denn wir sind eine Familie und wenigstens einmal im Jahr wollen wir auch so leben", meinte seine Mutter. „Und sag jetzt nicht, daß du hier keine Freiheiten hast! Schließlich bist du den halben Tag und die halbe Nacht unterwegs, wo auch immer du dich rumtreibst…"

„Ich…"

„…und da wirst du ja mal einen Tag für uns übrig haben! Morgen kannst du wieder losziehen, wohin du willst!"

„Mir ist aber so schlecht, Mama, ich muß mir gestern Abend den Magen verdorben haben, es ist wohl besser, wenn ich heute im Bett bleibe." Jetzt schaute sein Vater auf:

„Olaf, Du kommst mit! Keine Ausreden! Den ganzen Morgen ging es dir gut und jetzt auf einmal…"

„Ich weiß ja auch nicht, ganz plötzlich ist das gekommen!"

„Dann nimm eine Tablette", sagte seine Mutter trocken, „und jetzt hopp, hopp, es wird Zeit."

Olaf wußte nicht, was er tun sollte. Er hatte keine Möglichkeit mehr, Petra eine Nachricht zukommen zu lassen. Sie würde auf ihn warten um elf Uhr und er würde nicht kommen. Nicht um elf und auch nicht um zwölf. Sie wartete vergebens. Er würde nicht da sein. Wieder nicht da sein. Was sollte sie davon halten! Mußte das nicht Zweifel in ihr aufkommen lassen über die Ernsthaftigkeit seiner Gefühle zu ihr? Er saß auf dem Sitz hinter seinem Vater und jetzt fuhren sie am

Penzancer Platz vorbei. Er sah die leeren Bänke. Es war kurz nach halb zehn. In einer guten Stunde würde Petra dort sitzen und warten, vergebens warten.

„So ein Mist!" sagte er.

„Mist sagt man nicht!" Ilona sah ihren großen Bruder strafend an.

„Ja, aber trotzdem!"

„So, da sind wir schon." Der Wagen hielt und die Türen öffneten sich. „Olaf! Wir sind da!"

„Ja, Papa, ich komm ja schon." Widerwillig verließ er den Wagen und folgte den anderen zu dem Schiff. Es gab kein Zurück für ihn.

„Alle schön zusammen bleiben!" rief sein Vater, „sonst geht noch einer verloren!"

Einen kurzen Moment spielte Olaf mit dem Gedanken des Verlorengehens, verwarf ihn dann aber sofort wieder. Er hätte ihm zwar die Chance gegeben, Petra heute zu sehen, dafür hätte er sie aber sehr wahrscheinlich den gesamten restlichen Urlaub nicht mehr zu sehen bekommen. Die Alternative war keine Alternative. Außerdem wußte er ja, wo sie wohnte. Er wollte versuchen, ihr am Abend oder spätestens am nächsten Morgen eine Nachricht zukommen zu lassen. Vielleicht erwartete ihn bei seiner Rückkehr auch schon eine von ihr. Ja, sie würde sich bestimmt melden. Daran und an das Geländer klammerte er sich, als er über die Gangway das Schiff betrat. Es versprach zumindest eine ruhige Überfahrt zu werden. Ein hoher Seegang hätte ihm zu seinem Glück noch gefehlt. Nach der Ankunft hatte man mehrere Stunden Aufenthalt und dann ging es wieder zurück. Der lange Aufenthalt war das Wenigste, was ihn störte.

Das Schiff legte ab. Seine Eltern hatten sich einen Platz unter Deck gesucht. Das war Olaf ganz recht. Er beschloß, die Augen zu schließen und sich hinübergleiten zu lassen in einen seiner Träume.

Petra schaute über das Meer. Sie stand an der Reling, die Sonne schien wärmend auf sie und das Wasser zeigte kaum eine Bewegung. Es war ein herrlicher Tag für so eine Schiffsfahrt. Wenn, ja wenn da nicht Olaf gewesen wäre, der inzwischen wahrscheinlich das Warten auf sie aufgegeben hatte und sich fragte, warum sie nicht gekommen war. Sie hatte sich so auf das Wiedersehen gefreut und es war noch viel schöner gewesen, als sie es erwartet hatte. Ihre ganzen Sorgen und Ängste waren wie weggeblasen. Petra hatte die halbe Nacht wach gelegen und die Zeiger der Uhr beobachtet, die sich einfach nicht weiterzubewegen schienen. Irgendwann mußte sie dann doch eingeschlafen sein, denn auf einmal war es hell in ihrem Zimmer.

Petra fühlte sich trotz des wenigen Schlafes phantastisch. Als sie in den Frühstücksraum kam, saßen ihre Eltern schon da. Sie wunderte sich ein Wenig darüber, da sonst sie immer die erste war; ihre Eltern waren eher die Spätaufsteher.

„Morgen Mama, morgen Paps!" sagte sie und drückte ihrem Vater einen Kuß auf die Wange, bevor sie sich setzte, „ihr seid aber heute früh dran!"

„Ja, sind wir." Ihr Vater warf ihrer Mutter einen merkwürdigen Blick zu. „Aber, dir scheint es ja besonders gut zu gehen heute!"

„Wieso sollte es mir schlecht gehen? Die Sonne scheint, das wird bestimmt ein herrlicher Tag!"

„Ja, ganz bestimmt", sagte ihre Mutter und nickte

zustimmend.

„Und, hast du schon was geplant für heute?", sagte ihr Vater mehr beiläufig beim Schmieren seines Brötchens.

„Nö, nichts besonderes. Wieso?" Petra nahm sich auch ein Brötchen.

„Dann ist ja gut. Wir haben uns da nämlich für heute was überlegt, falls das Wetter mitspielt."

„Und, es spielt mit, wie man sieht!" sagte ihre Mutter begeistert.

„Was überlegt?" Petra biß genüßlich in das Brötchen.

„Helgoland, wir fahren nach Helgoland."

„Das ist ja toll!" sagte Petra und kaute weiter, „bringt ihr mir was mit?"

„Nein, warum sollten wir?" Ihr Vater nippte an seiner Kaffeetasse.

„Weil ihr mir immer was mitbringt, deshalb!" sagte sie und lächelte ihre Eltern an.

„Ja, aber nicht, wenn du dabei bist!" Petra sah ihre Mutter an und ihr Lächeln fror ein:

„Dabei, ich? Wieso ich?"

„Na, weil wir dich natürlich mitnehmen, ist doch klar."

„Du bist schließlich unsere Tochter." Ihr Vater klopfte ihr leicht auf die Schulter.

„Aber, ich…"

„Was aber?" Ihre Mutter sah sie an.

„Nichts. Ich bin nur so über, überwältigt."

„Das haben wir uns gedacht. Oh, nun aber schnell! Wir müssen gleich los, sonst fährt das Schiff am Ende noch ohne uns!" Ihr Vater hatte auf seine Uhr gesehen.

„Ja, das wäre dumm, wir haben die Karten nämlich schon gestern geholt, sicherheitshalber!"

„Ihr denkt echt an alles!" Petra hatte aufgehört, zu kauen. Der Rest ihres Brötchens lag vor ihr auf dem Teller. Der Appetit war ihr vergangen.

„Nun iß deine Schrippe, wir müssen wirklich!" Ihr Vater schaute wieder auf seine Uhr.

„Ich bin satt."

„Was? Du wirst uns doch nicht krank!" Die Stimme ihrer Mutter klang ernstlich besorgt.

„Nein, keine Sorge. Ich habe nur einfach keinen Hunger mehr, klar?"

„Dann nicht, aber nun müssen wir wirklich!" Ihr Vater schüttete den Rest seines Kaffees in seinen Schlund und stand auf. „Na denn!" sagte er und bewegte sich Richtung Tür.

Ja, und da war sie nun: auf einem Schiff auf dem Weg nach Helgoland. Es würde ihr bestimmt gefallen. Da hatten ihre Eltern recht. Es gefiel ihr ja jetzt schon: Allein für die Schiffsfahrt hatte sich der Tag gelohnt. Sie mochte das Meer und sie mochte es, auf den Wellen dahin zu gleiten. Ein paar Möwen begleiteten das Schiff. Doch, wenn sie hätte fliegen können, wäre sie wahrscheinlich zurück, zurück nach Cuxhaven. So sehr sie die Überfahrt genoß, so sehr sehnte sie sich nach Olaf.

Die Fahrt dauerte mehrere Stunden. Das Schiff war gut gefüllt. Es war Saison und das Wetter spielte auch mit. Die vielen Menschen störten sie etwas. Sie hätte alles für einen einzigen weiteren gegeben. Aber sie konnte nichts daran ändern, daß Olaf nicht hier war, so sehr sie das auch wollte. Und es änderte auch nichts an seiner Abwesenheit, wenn sie den ganzen Tag Trübsal blies. Sie beschloß, das Beste aus der Situation zu machen. Sie konnte sich vorstellen, daß Olaf hier bei ihr wäre und außerdem würde sie ihm viel zu erzählen haben. Es ging ihr schon besser, nachdem sie sich das überlegt hatte. Ihre Gesichtszüge entspannten sich und sie freute sich an dem Fahrtwind, der ihr die Haare ins

Gesicht blies.

„Entschuldige, hast du Karla gesehen?"

„Karla? Tut mir leid, ich kenne keine Karla!" sagte Petra, ohne sich umzudrehen.

„Karla ist meine Puppe!"

„Deine Puppe?" Petra drehte sich um, um nach dem Urheber der Störung zu suchen. Sie sah ein Mädchen, das höchstens zwei, drei Jahre jünger als sie zu sein schien. Sie sah das Mädchen ungläubig an und glaubte, sich verhört zu haben. „Karla ist deine Puppe?" wiederholte sie.

„Ja, meine Lieblingspuppe. Ich habe sie vorhin irgendwo liegen gelassen und jetzt finde ich sie nicht mehr. Hilfst du mir suchen?"

„Ich?" Petra überlegte, ob sich jemand einen Spaß mit ihr machen wollte, aber das Mädchen schien es ernst zu meinen und sie sah auch sonst niemanden, der zu ihr zu gehören schien.

„Bitte!" sagte es fast schon flehend.

„Na gut, warum denn nicht!" sagte Petra und dachte sich, daß sie sowieso nichts anderes zu tun hatte im Augenblick.

„Toll, ich bin Ilona. Und wie heißt du?"

„Petra. Aber du kannst Pit sagen."

„Pit? Das klingt lustig! Komm, Pit!" sagte Ilona und zog an Petras Arm.

„Wie sieht denn Karla aus?" wollte Petra wissen.

„Wie Karla! Jetzt komm!"

„Aha, na dann werden wir sie schon finden!"

„Wir haben Karla gefunden!" Ilona stand strahlend vor dem Tisch, an dem ihre Eltern und Olaf saßen. In der Hand hielt sie ein Wassereis. Olaf hatte den Platz am Fenster gegenüber seinem Vater. Sein Kopf lag in den Händen auf der Tischplatte. Ein halb leerer Becher mit Cola stand neben ihm.

„Ist ja toll!" sagte er, ohne seinen Kopf zu bewegen.

„Ja, nicht!"

„Und wo ist sie?" wollte Ilonas Mutter wissen.

„Na, bei Petra, wo sonst!" sagte Ilona kopfschüttelnd. Bei der Erwähnung des Namens ging ein leichtes Zucken durch Olafs Körper. Es gibt Millionen von Petras, dachte er, Millionen. Überall gab es sie, überall.

„Ach so, bei Petra, natürlich!" Olafs Mutter sah ihren Mann an, „und das Eis, das hast du dann auch von Petra!"

„Nein, das habe ich von ihrem Vater bekommen!"

„Von Petras Vater?"

„Ja", sagte sie und schleckte an ihrem Wassereis.

„Und wer ist diese Petra?"

„Na, meine Freundin!" sagte Ilona stolz.

„Ach, deine Freundin. So, wie Karla deine Freundin ist."

„Mama, Karla ist eine Puppe. Petra ist echt!" sagte Ilona entrüstet.

„Wo ist sie denn, deine Petra?" Ihre Mutter ließ nicht locker.

„Die ist oben bei ihren Eltern. Soll ich sie holen?"

„Nein, schon gut, setz dich."

„Nein, ich muß wieder nach oben. Ich wollte euch nur sagen, daß es Karla gut geht."

„Warte, da komme ich mit. Ich wollte mir sowieso mal die Beine vertreten und da kann ich Petra ja gleich mal kennen lernen." Sie zwinkerte ihrem Mann zu, der sofort verstand:

„Ja, geh nur; ich bleibe solange bei unserem Kranken!" Er klopfte Olaf kräftig auf den Rücken.

„Komm jetzt Mama, ich habe gesagt, daß ich gleich wieder da bin!"

Etwa eine halbe Stunde später kehrte Olafs Mutter zurück:

„Du wirst es nicht glauben, Uwe!"

„Was nicht glauben und wo ist Ilona?"

„Ilona ist bei Petra und ihren Eltern!"

„Fängst du jetzt auch noch an? Dann bleib´ weg von mir, vielleicht ist es ja ansteckend!" sagte er und lachte dabei.

„Nein, es gibt sie wirklich, diesmal. Alle drei: Petra und auch ihre Eltern!"

„Du machst Witze, Sabine!"

„Nein, im Ernst. Das sind nette Leute, obwohl die aus Berlin kommen."

„Berlin?" Olaf hob seinen Kopf.

„Ach, mein Herr Sohn, du lebst ja noch!" sagte seine Mutter. „Ja, Berlin; es gibt auch nette Leute in Berlin. Ich bin eigentlich nur hier, um euch zu holen."

„Holen?" Olaf schaute sie an.

„Sie sitzen oben im herrlichsten Sonnenschein! Da ist noch Platz. Los jetzt, kommt schon!"

„Na, wenn du meinst", sagte Uwe. Er war noch nicht vollständig von der Idee seiner Frau überzeugt, aber da er meistens tat, was sie wollte, tat er es auch dieses Mal. Er stand auf und nahm seine Sachen.

„Komm, Olaf! Frische Luft!"

„Keinen Bock!"

„Olaf!"

„Laß ihn Uwe. Wer nicht will und so. Dann viel Spaß noch. Wir sehen uns dann an Land!"

„Ihr wollt mich hier echt alleine lassen?"

„Klar", sagte sein Vater, „außerdem wirst du ja nicht lange alleine sein, denke ich!" Er machte eine Bewegung in Richtung der hinteren Treppe. Olaf sah dort ein älteres Ehepaar, das nach einem freien Platz

zu suchen schien. Olaf sah sich um: Trotz des schönen
Wetters waren auch die unteren Tische gut besetzt.
Jetzt sah er, wie der ältere Mann freudig seinen Arm
ausstreckte. Er schien direkt auf ihn zu zeigen.

„Na gut. Ich will schließlich kein Spielverderber sein",
sagte Olaf und trabte mit weniger als wenig
Begeisterung hinter seinen Eltern her, der frischen Luft
entgegen. „Berlin! Auch da gibt es viele, sehr viele
Petras!" sagte er.

„So, da wären wir, daß ist mein Mann!"

„Einfach Uwe, hallo!"

„Und das Häufchen Elend da ist mein Sohn. Er ist
nicht für die See geboren! Olaf!"

„Ja, hallo!" quetschte Olaf aus sich heraus.

„Na, dann soll er sich schnell wieder setzen, bevor er
noch die Fische füttert!" Petras Vater lachte schallend.
„Ich bin Wolfgang und das ist Inge, meine holde
Angetraute und", er sah sich um: „ja, unsere Tochter ist
irgendwo da hinten, mit Ilona!"

Olafs Mutter rutschte in die leere Reihe und saß jetzt
gegenüber von Petras Mutter. Uwe hatte sich neben
Wolfgang gesetzt. Die beiden schienen sich gleich
sympathisch zu sein. Olaf selber saß seinem Vater
gegenüber auf der äußersten Ecke der Bank und hatte
seinen Kopf einfach auf seine Brust fallen lassen.

„Ich glaube, ich besorge mal ein paar
Muntermacher!" sagte Uwe.

„Phantastische Idee", pflichtete Wolfgang ihm bei –
für mich ein großes Blondes!"

„Und ihr?" Er sah Sabine und Inge an.

„Für mich einen Kaffee, schwarz", sagte Inge.

„Mir auch einen Kaffee, du weißt ja…"

„…ja, weiß und ohne Zucker! Olaf?"

„Cola!"

„Erstmal: eine Cola, bitte und dann, hopp, hopp, du kannst mal was Produktives tun und mir tragen helfen!"

„Papa…"

„Ach, laß den Jungen, ick komm schon mit!" sagte Wolfgang und wollte sich erheben.

„Gut gemeint von dir", Uwe drückte Wolfgang sanft auf die Bank zurück, „aber der Junge kann sich ruhig mal bewegen. Also, komm schon, dann schaffen wir es vielleicht noch, bevor das Schiff anlegt!"

„So, na denn, auf einen schönen Tag!" Uwe hielt seinen Becher in die Höhe.

„Auf einen schönen Tag!" riefen Wolfgang, Inge und Sabine. Olaf hatte schweigend seinen Becher leicht vom Tisch angehoben.

„Und wir?" Ilona war zurück gekehrt.

„Wer nicht da ist, der…aaah!"

„Olaf, was ist denn heute mit dir?" Sabine schüttelte den Kopf.

Olaf war aufgesprungen, weil die kalte Cola ihn erschreckte, die sich aus dem Becher auf seine Hose ergossen hatte, den er losgelassen hatte, nachdem er gesehen hatte, wer neben Ilona stand.

„Das kann nicht sein…unmöglich…es gibt Millionen, Millionen!" Er wischte mit seinen Händen zwischen den Beinen an seiner Hose rum.

„Das ist Petra, meine Freundin, aber du kannst Pit sagen!" sagte Ilona stolz, „und das ist mein Bruder, der ist manchmal ein bißchen merkwürdig!" Sie ließ ihre Hand neben ihrer Stirn kreisen.

„Ja, genau, geht mir auch so", sagte Olaf, der noch immer mit seiner Hose beschäftigt war, „vor allem früh!"

„Was meint er?" Petra sah Ilona an.

„Wie gesagt…" Sie ließ wieder ihre Hand kreisen.

„Aber einen Namen hat er, oder?"

„Ja, Olaf!" Ilona lachte.

„Olaf, soso", sagte sie. Sie stand jetzt ganz dicht neben ihm. Ilona hatte sich inzwischen an ihrem Bruder vorbei gezwängt und saß neben ihrer Mutter.

„Bekomme ich auch eine Cola?" sagte sie und sah ihre Mutter an.

„Aber natürlich. Uwe!"

„Das kann ja Olaf machen. Du darfst dir auch noch eine holen, wenn du willst, deine ist ja schon fast leer", Uwe lachte und erntete einen bösen Blick seines Sohnes. „Und du, Petra?"

„Ich geh lieber mit, sicherheitshalber", sagte sie grinsend. Alle lachten.

„Ja, ja, wer den Schaden hat!" sagte Olaf und nahm das Geld, das ihm sein Vater reichte.

Langsam stiegen sie die Treppe hinunter. Er hatte die unterste Stufe noch nicht erreicht, als er Petras Hand an der nassen Stelle seiner Hose spürte.

„Alles feucht", hörte er sie flüstern, „dich kann man auch keinen halben Tag alleine lassen." Sie waren unten angekommen und sie hatte sich von hinten an ihn gedrückt. Er spürte ihren Atem im Nacken. „Warst du ein böser Junge?"

„Ja, ein böser!" sagte er und drehte sich zu ihr.

„Wie böse?" Sie spitzte ihre Lippen.

„Sehr, sehr böse!" Er schloß die Augen.

„Dann verdienst du eine Strafe!" Sie berührte ganz leicht seine Lippen mit ihren.

„Ja, eine ganz harte!"

„Na, die bekomme dann doch wohl eher ich!" Ehe er antworten konnte, spürte er den Druck ihrer Lippen, dem seine nachgaben.

„Und was machen wir jetzt?" Petra sah Olaf an. Sie

standen vor dem Getränkestand und warteten darauf, daß sie an der Reihe waren.

„Ja, blöde Situation irgendwie."

„Wenigstens kennen meine Eltern dich jetzt!"

„Na, ob das so positiv ist, nach…" Er zeigte auf seine nasse Hose.

„War doch lustig!"

„Sehr lustig – zumindest für alle anderen!"

„Wir sollten uns ein bißchen anfreunden, meinst du nicht?"

„Du meinst – und wie soll das gehen? Meinst du, die haben was gemerkt?"

„I wo, meine Eltern bestimmt nicht. Aber deine vielleicht, weil du so komisch warst!"

„Ganz bestimmt nicht – ich bin immer so; hast du doch von Ilona gehört, dieser kleinen Schlange!"

„Na, so schlimm scheint sie gar nicht zu sein. Macht eigentlich einen ganz netten Eindruck."

„Das findest aber auch nur du. Warte nur ab, du wirst schon merken, was für eine Klette sie sein kann. Aber, wieso kennst du sie eigentlich?"

„Durch Karla!"

„Karla? Wer ist Karla?"

„Na, Karla!"

„Nein, doch nicht *die* Karla!"

„Doch!"

„Karla ist ihre Puppe, die meinst du doch – oder gibt es noch eine andere?"

„Nein, genau die. Sie hat uns bekannt gemacht."

„Ah ja, ich glaube, vielleicht paßt ihr doch ganz gut zusammen, ihr drei!"

„Spinner!" Petra gab ihm einen Stoß in die Seite.

„Liegt halt in der Familie!"

„Los jetzt, die Getränke, sonst suchen die uns noch!"

„Ihr wart aber lange weg!" rief Ilona, als Olaf und Petra endlich mit den Getränken eintrafen.

„War voll. Da, deine Cola", sagte Olaf knapp.

„Danke!" Ilona schnitt Olaf eine Grimasse. „Pit, komm!" Ilona zeigte auf den Platz neben sich.

„Macht euch nicht so dick, ich will auch noch ein Stück von der Bank!" Er versuchte, sich neben Petra zu quetschen.

„Dann setz dich doch woanders hin!" Ilona zeigte ihrem Bruder ihre lange, rote Zunge.

„Ilona!" Uwe sah sie strafend an.

„Ist doch wahr!" sagte sie kleinlaut.

„Laßt uns lieber mal überlegen, was wir machen, wenn wir da sind." Sabine sah ihren Mann an.

„Na, erstmal was Essen gehen. Seeluft macht hungrig!" sagte Uwe.

„Großartige Idee, und dazu dann ein richtiges Bier!" Wolfgang strich mit den Händen über seinen Bauch und schaute auf den Plastikbecher vor sich auf dem Tisch.

„Ihr denkt doch nur an das Eine!" sagte Inge.

„Nicht nur!" Wolfgang drückte seiner Frau einen Kuß auf die Wange.

„Wolfgang, die Kinder!"

„Die sind alt genug, oder?" Er sah Petra und Olaf an, die so taten, als wenn sie nicht hingehört hätten.

„Fisch, am liebsten wäre mir irgendein Fisch, wenn wir schon an der See sind!" sagte Sabine.

„Oh, ich liebe Fisch – und gesund ist der auch noch", pflichtete Inge Olafs Mutter bei.

„Ich habe eigentlich noch gar keinen Hunger", sagte Petra.

„Was?" Ihr Vater sah sie überrascht an, „das ist ja ganz was Neues!"

„Papa!"

„Ich frage mich manchmal auch, wo du das alles

hinißt", sagte ihre Mutter, „bei mir setzt das immer gleich an!"

„Ach, so ein bißchen Hüftgold ist nicht zu verachten, oder?" Wolfgang lachte und umfaßte die Taille seiner Frau. Er selber hatte eine eher rundliche Form, aber er entschuldigte das immer damit, daß das alle in seiner Familie hatten. Von Sport hatte er nie viel gehalten und ein gutes Essen war ihm schon immer mehr Wert gewesen, als eine halbe Stunde auf dem Laufband. Seine Frau dachte ähnlich und so verstanden sie sich in diesem Punkt prächtig.

„Eben, das Leben ist kurz genug. Man muß es genießen, solange man kann!" Uwe prostete Wolfgang zu.

„Und wir sind schließlich im Urlaub!" sagte Sabine.

„Genau, und das", Uwe strich über die Wölbung seines Bauches, trainieren wir nach dem Urlaub wieder ab!" Olafs Vater war Anfang vierzig. Seit einem Jahr ging er mehrmals in der Woche abends in ein Fitneßstudio, was aber nicht hatte verhindern können, daß sein Bauch immer weiter zu wachsen schien. Er versuchte sich damit zu beruhigen, daß es bei seinem Vater in dem Alter genauso gewesen war. „Ja, die Gene!" sagte er und leerte seinen Becher.

„Oder die Hefe!" sagte Sabine lachend.

„Eher die Gene", sagte Olaf und strich unbemerkt von den andern mit seiner Hand über die Außenseite von Petras Oberschenkel, „und die sehen wir uns später nochmal genauer an!"

„Du solltest aus der Sonne!" sagte sein Vater.

„Vielleicht ist er ja doch krank und hätte zu Hause bleiben sollen!" Der Blick seiner Mutter drückte echte Besorgnis aus.

„Nein, alles gut, bin nur etwas müde."

„Müde?" sein Vater sah ihn an: „Wovon, vom

Colaholen?"

„Ja, er war immerhin zweimal!" seine Mutter mußte wieder lachen.

„In deinem Alter…"

„Ja, Papa ich weiß…"

„Warte, du wirst sehen, wenn du erst was Ordentliches im Magen hast, dann sieht alles schon ganz anders aus!"

„Danke, mir wird schon schlecht, wenn ich nur an Essen denke!"

„Was ist nur mit den Kindern los; sind die alle so heutzutage?" Sabine schaute fragend in die Runde.

„Wir haben Hunger!" sagte Ilona und ließ Karla mit ihrem Kopf nicken.

„Na, wenigstens eins ist normal", sagte Sabine erleichtert.

„Normal. Bist du sicher, Mama?" Olaf sah seine Mutter fragend an.

„Also abgemacht. Wir suchen uns ein gemütliches, kleines Restaurant und danach sehen wir weiter. Basta." Uwe lehnte sich zufrieden zurück. „Und wer nicht will, bitte, niemand wird gezwungen. Aber ihr solltet daran denken", er sah Olaf und Petra an, „daß es ein langer Tag wird heute!"

„Ja, Papa, daran denke ich die ganze Zeit", sagte Olaf und drückte seinen Körper leicht an den von Petra, die den Druck erwiderte.

„Und du willst wirklich nicht mitkommen?" sagte Ilona enttäuscht, als sie vor dem Restaurant standen, in dem ihre und Petras Eltern schon verschwunden waren.

„Nein, wirklich nicht."

„Schade."

„Wir sehen uns ja nachher wieder. Aber jetzt muß ich ein bißchen auf deinen Bruder aufpassen, damit der nicht verloren geht."

„Ja, der verläuft sich dauernd", sagte sie lachend, „und, daß du Petra nicht ärgerst!" rief sie Olaf zu, der ein Stück weiter stand und auf Petra wartete.

„Ilona, wo bleibst du denn!" Sabine war in der Tür des Restaurants erschienen und winkte ihrer Tochter.

„Ich komme, bis später!"

„Endlich!" sagte Petra, als sie zwei Ecken weiter eine Stelle gefunden hatten, an der sie unbeobachtet stehen konnten, „lange hätte ich das nicht mehr ausgehalten!"

„Ich auch nicht – aber, ist doch lustig, oder?"

„So richtig lachen kann ich darüber eigentlich nicht."

„Warum nicht, weil du auf dein geliebtes Essen verzichten mußtest?"

„Du willst wohl den Rest der Ferien darauf verzichten!" Petra machte eine angedeutete Faust aus ihrer rechten Hand.

„Vielleicht, wenn ich dafür ein paar Gentests durchführen kann." Seine rechte Hand glitt langsam ihre linke Seite hinunter.

„Was denn für Gentests?"

„Na, z. B. ob du eher die Gene deiner Mutter oder deines Vaters hast!"

„Und, wie stellt man das fest?" Sie näherte sich ihm und ihre Hände wanderten zu seiner Hüfte.

„Das ist gar nicht so einfach, das erfordert eine genaue Vorbereitung und ein genaues Vertrautmachen mit den Stellen, an denen die Genproben gemacht werden sollen." Olafs linke Hand hatte sich auf Petras verlängertes Rückgrat gelegt und traf dort auf seine rechte.

„Da müssen wir dann ein anderes Mal noch genauer drüber reden."

„Ein anderes Mal?"

„Ja, wenn die örtlichen Gegebenheiten eine bessere Versuchsdurchführung zulassen."

„Ja, viel genauer, da sind noch viele Fragen offen."

„Apropos offen!" Olaf spürte Petras Hand an einer Stelle, wo er sie nicht zu spüren erwartet hatte.

„Wie, wie hast du?"

„Ich habe die Versuchsanordnung genau studiert und der Rest hat mit den Genen zu tun!"

„Petra…" Er vergrub seinen Kopf zwischen ihrem Hals und ihrer Schulter und seine Hände krallten sich immer fester und tiefer in Petras Jeans.

„Ich bin sehr auf das Versuchsergebnis gespannt!" sagte sie und ihre Hand bewegte sich weiter mit sanftem Druck. „Das mit der feuchten Hose scheint bei dir zur Gewohnheit zu werden!" sagte sie schließlich. Olaf atmete sehr flach:

„Das, das kann man ändern, glaube ich!"

„Wieso ändern?" Petra war sichtlich überrascht von seiner Äußerung, denn sie zog ihre Hand zurück und trat unvermittelt einen Schritt zur Seite. „Willst du es denn ändern? Findest du es nicht schön?" Sie wirkte verstört.

„Nein. Doch, natürlich!" Sie war ein paar Schritte weiter gegangen und er folgte ihr:

„Warte!" Er stand vor ihr und hatte mit beiden Händen ihre Schultern gefaßt.

„Deine Hose!" sagte sie und mußte grinsen.

„Was ist mit… oh!" Olaf schloß den Knopf und zog den Reißverschluß nach oben.

„Was würdest du ohne mich machen!"

„Hmm, aber ohne dich wäre das", er zeigte auf den Reißverschluß seiner Jeans, „ja gar nicht passiert."

„Auch richtig. Aber es gefällt dir ja nicht."

„Doch! Natürlich gefällt es mir. Das sieht man ja wohl ziemlich deutlich!"

„Stimmt!" Petra lächelte.

Sie gingen den Hauptweg entlang, der sie zum oberen Oberland führte und zu den Felsen.

„Warum willst du es dann ändern?" fragte sie nach einer Weile.

„Ich will es ja gar nicht ändern, nicht das. Ich meinte, daß man es ändern könnte – das mit der nassen Hose."

„Und wie?"

„Keine Hose – kein Naß!" sagte er und sah nach unten.

„Du meinst?"

„Nein, nicht unbedingt, aber ohne wäre schon schön, glaube ich."

„Und gefährlich, du erinnerst dich?"

„Ja, sehr gefährlich. Aber, willst du es denn nicht auch?"

Natürlich wollte Petra es, sie wollte es mit jeder Faser ihres Körpers und gegen alle Vernunft. Aber sollte sie das jetzt hier so zugeben? War das nicht wie ein Freibrief. Ja, sie fühlte sich wohl in Olafs Nähe, sie mochte ihn, sie war in ihn verliebt und vielleicht war es sogar noch etwas mehr. Doch, was wußte sie mehr über ihn als vor einem Jahr! Und sie hatte Angst, daß es vorbei sein könnte, daß er das Interesse an ihr verlöre, wenn er das hatte, was sie ihm so gerne geben wollte. Nein, sie konnte nicht ja sagen. Noch nicht.

„Was ist?" Olaf sah sie an. Sie standen jetzt auf dem obersten Teil der Insel. Die Häuser lagen hinter ihnen und vor ihnen eine grüne Fläche, die von Wegen durchzogen war, die zur Abbruchkante und an ihr entlang führten.

„Muß ich dir die Antwort jetzt geben?"

„Hast du denn eine Antwort?"

„Und wenn sie ja wäre und doch nein heißt?"

„Ja und doch nein?"

„Wenn ich jetzt nein sage, was dann?"

„Was soll dann sein? Dann ist es nein und ich frage dich eben später nochmal!"

„Du würdest nicht gehen?"

„Wohin? Wir sind auf einer Insel – vergessen?"

„Im Ernst!" Petra sah ihn an.

„Warum sollte ich. Weil du nein sagst?"

„Ja."

„Weißt du, eine nasse Hose ab und zu ist auch ganz schön für den Anfang!"

Er nahm sie in den Arm und sie gingen den Weg, der zu der Abbruchkante führte.

Die Möwen schrien und hier und da sah man andere Touristen, die wie sie die Zeit bis zur Abfahrt ihres Schiffes herumzubringen versuchten. Olaf dachte an das zurück, was eben geschehen war und an die Frage, die er Petra gestellt hatte und an ihre Antwort. Er hatte gedacht, wenn er es einmal probiert hatte, daß dann sein Wunsch danach geringer würde, weil er es ja kannte. Aber, als er es noch nicht gekannt hatte in Schweden vor einem Jahr, da war es ihm leichter gefallen, darauf zu verzichten. So kam es ihm jedenfalls jetzt vor. Oder wollte er es gerade, weil er es kannte? Er hatte mit Manuela geschlafen und es hatte ihm gefallen, es hatte ihm sehr gefallen und wenn es mit ihr schon so toll gewesen war, wie mußte es dann mit Petra sein! Er wollte sie nicht drängen, auf keinen Fall, aber er wollte auch nicht den Eindruck bei ihr erwecken, daß es ihm nichts bedeutete. Am Ende könnte sie denken, daß er sie nicht wollte. Und das wäre das Letzte, was er gewollt hätte. Was also sollte er tun. Einfach abwarten? Und wenn die anderen recht hatten, die immer sagten, daß es relativ schnell zu Ende ist, danach? Mußte er es dann nicht gerade möglichst bald tun, um es zu wissen? Er war siebzehn. In dem Alter findet man an jeder Ecke die Große Liebe, die Liebe für das ganze Leben. Und wenn sie dann zu Ende ist, diese Liebe, dann gab es eine neue. So war das. Das sagten alle. Also, wenn es das nicht war mit Petra, wie viel Zeit hatte er, um nichts zu versäumen? Und was, wenn es danach noch genauso war mit ihr, war es dann immer genauso? Vielleicht hatte er auch Angst vor der Gewißheit und wollte es deshalb so lange wie möglich hinausschieben und nicht, um auf Petra und ihre Gefühle Rücksicht zu nehmen. Er wußte es nicht. Er wußte nur, daß es nicht einfach war, siebzehn zu sein.

Fünfzehntes Kapitel

„Mist! Wieder nicht." Olaf stand auf dem Bürgersteig auf der Straße vor der Pension, in der Petra wohnte und versuchte, ihr Fenster mit kleinen Steinen zu treffen. Er hatte sie auf seinem Weg in einem Vorgarten gesammelt und sie wanderten jetzt einer nach dem anderen aus seiner Tasche in seine Hand um dann den Weg Richtung Haus anzutreten. Beim Werfen war es ähnlich wie beim Laufen: Olaf war nicht besonders gut darin. „Nochmal!" Er gab nicht auf. Er wußte nicht mehr, wie viele Steine er schon durch die Luft befördert hatte, die meisten hatten die Hauswand nicht einmal erreicht. „Das kann doch nicht sein", sagte er, „so weit ist das doch gar nicht!" Der nächste Stein verließ seine Hand: „Pling!" machte es. „Na endlich!" Er hatte die Scheibe getroffen. Petra und er hatten das so verabredet. Er sollte sie früh abholen, vor dem Aufstehen ihrer Eltern und, ohne große Aufmerksamkeit zu erregen. Es machte ein weiteres Mal „Pling!" und Olaf wurde ungeduldig: Es war noch immer keine Petra zu sehen. Er warf erneut.

„Hey!" Petra war am Fenster erschienen und konnte gerade noch seinem Geschoß ausweichen, „du solltest mich abholen und nicht abschießen!"

„Sorry, aber wenn du auch so lange brauchst, du Langschläfer!"

„Langschläfer? Warte!" Sie verschwand kurz und mit ihrem Wiederauftauchen spürte er einen kurzen Schmerz an seiner linken Schulter: „Ich war im Bad!"

„Na klar doch!" sagte Olaf und rieb sich seine Schulter. Petra konnte besser werfen als er, dachte er.

„Pah! Warte, ich bin gleich unten!" Sie warf ihm eine Kußhand zu und das Fenster schloß sich wieder.

Olaf schlenderte Richtung Einfahrt. Er hatte sie kaum erreicht, als Petra ihm schon entgegen geflogen kam. Nachdem sie ihm einen intensiven Guten-Morgen-Kuß gegeben hatte, sagte sie:

„Was machen wir?"

„Na, ich dachte – was ist?" Olaf sah sie überrascht an: Sie hatte ruckartig die Hände von seinen Schultern genommen und sich blitzschnell aus seiner Umklammerung befreit.

„Paps! Wo, wo kommst du denn her?" Sie wirkte so, als sähe sie einen Geist. Olaf drehte sich um und sah Petras Vater, der in einem Jogginganzug vor ihm stand und dem man ansah, daß er gerade eine ziemliche Anstrengung hinter sich haben mußte: Er atmete schwer und kurz. Olaf fühlte sich sehr an sich erinnert.

„Ja, da staunst du, was?" brachte er stoßweise heraus und stützte seine Arme auf die Oberschenkel,

„hättest du deinem alten Vater gar nicht zugetraut, was? Hallo Olaf!"

„Was soll das?" Petra schaute noch immer etwas entgeistert.

„Was das soll? Na, ich bin gelaufen!"

„Du? Gelaufen? Das überrascht mich echt. Machst du das öfter?"

„Jeden Morgen – seit wir hier sind."

„Jeden Morgen?"

„Ja, jeden Morgen. Wenn Madame nicht so lange in den Federn liegen würde…"

„Ich?" Petra war entrüstet. Sie war immer die erste beim Frühstück und das wußte ihr Vater.

„…dann wüßtest du es. Du kannst gerne mal mitmachen!"

„Nee, Papa, eher nicht!"

„Na ja, du hast es ja auch noch nicht nötig!" Er strich über seinen Bauch, „aber irgendwann muß man halt mal damit anfangen! Und jetzt, auf, auf zum Frühstück!"

„Ich wollte mit Olaf…"

„Na, der kommt mit. Ist doch klar. Oder, hast du schon?"

„Nein, noch nicht", sagte Olaf.

„Aber Paps, geht das denn so einfach?"

„Natürlich! Ich rede gleich mit Elisabeth!" Ihre Eltern waren inzwischen per Du mit der Pensionsinhaberin.

„Dann komm, Olaf, Frühstück!" sagte Petra und hielt ihm ihre Hand hin, die er ergriff. „Unser erstes gemeinsames Frühstück", flüsterte sie ihm zu und die Vorstellung schien ihr sichtlich Freude zu bereiten.

Olaf saß Inge gegenüber, rechts von ihm Wolfgang und links Petra.

„Und was wolltet ihr noch gleich machen?" Inge schaute Olaf und Petra an.

„Wir…" begann Olaf und wußte nicht, was er sagen sollte. Er schaute hilfesuchend zu Petra.

„Ach, Olaf war nur da, weil Ilona, er wollte mir was von Ilona sagen."

„Ach so", sagte Inge.

„Und, wie geht´s ihr denn?" wollte Wolfgang wissen.

„Ilona?" sagte Olaf. Wolfgang nickte.

„Gut, ja…" Olaf spürte einen Tritt gegen sein Schienbein, „also, gut, nicht, nicht gut. Das sollte ich ja sagen. Genau, daß sie nicht kann deswegen heute!" Olaf atmete erleichtert auf.

„Was hat sie denn, die Ärmste?" sagte Inge.

„Ach…"

„Doch nichts Schlimmes?" Inge sah ihn an.

„Nein, nein; morgen sieht das ganz bestimmt schon wieder anders aus."

„Vielleicht sollten wir sie ja besuchen, Petra. Wenn man krank ist, dann freut man sich doch über Besuch!" sagte Inge.

„Besuchen?" Olaf blieb das Stück Brötchen fast im Hals stecken. „Nein, nicht besuchen. Sie will keinen Besuch heute."

„Keinen Besuch?" Inge konnte nicht glauben, daß jemand keinen Besuch wollte, wenn er krank war.

„Ja, da ist sie eigen. Deshalb sollte ich ja Bescheid sagen."

„Das ist aber schade!" sagte Petra.

„Ja, finde ich auch", sagte ihre Mutter, „was wolltet ihr denn zusammen machen, heute?"

„Wir? Äh, wir wollten zum - Strand."

„Na, da kann dich doch Olaf begleiten, wenn du nicht alleine gehen willst", sagte Wolfgang, „das heißt, wenn er Zeit hat." Er sah Olaf mit einem merkwürdigen Blick an.

„Ja, kann ich schon…" sagte Olaf und versuchte,

nicht begeistert zu klingen.

„Oder hast du schon was anderes vor?" sagte Wolfgang.

„Was anderes – nein. Ein bißchen Zeit habe ich schon."

„Das wäre wirklich sehr nett von dir", sagte Petra, „aber, wenn es nicht geht…"

„Nein, geht schon, wirklich."

„Fein, dann hole ich meine Sachen!" rief Petra.

„Petra!" Ihr Vater sah sie durchdringend an: „Jetzt bleib sitzen und frühstücke in Ruhe zu Ende – oder warte wenigstens, bis Olaf fertig ist! So viel Zeit wird ja wohl noch sein."

„Ja, Paps", sagte Petra und wartete.

„Na, siehst du, jetzt bist du mein ganz offizieller Begleiter für heute."

„Ja, und man hat es mir förmlich aufgedrängt!"

„Ist doch super, oder?"

„Sehr super!" strahlte Olaf. „Ich hoffe nur, daß die das mit Ilona vergessen."

„Wieso?"

„Na, weil die weder krank ist, noch sich mit dir treffen wollte, oder?"

„Werden sie schon – und wenn nicht, auch egal. Die werden sich freuen, daß ich mal mit einem Jungen losziehe."

„Meinst du?"

„Bestimmt."

„Wenn du meinst. Gut, daß wir deinen Vater getroffen haben. Aber, daß der joggt! Ich dachte, der macht sich nichts aus Sport."

„Macht er ja auch nicht. Hmm, aber vielleicht werde ich ihn doch mal begleiten." Petra war bei dem Wort „joggen" stehen geblieben und betrachtete sich jetzt in der Seitenscheibe eines geparkten Autos. „Könnte mir zumindest nichts schaden." Sie drehte sich ins Profil: „Siehst du das!"

„Was?" Olaf stand neben ihr und verfolgte interessiert, was sie machte. Er versuchte, einen Sinn darin zu erkennen.

„Na, das!" sie zeigte auf ihren Bauch.

„Das? Und?"

„Na, das ist doch – als wenn ich schwanger bin!"

„Petra!"

„Und das da hinten erst!"

„Na, dann kippst du wenigstens nicht nach vorne!" sagte Olaf und fing an, zu lachen, bevor er sich duckte um nicht von Petras Tasche getroffen zu werden.

„Na, so schlimm ist es ja nun auch wieder nicht!"

„Das hat ja auch keiner behauptet – außer dir!" Olaf hatte sie von hinten umfaßt und seine Hände lagen auf jenem vorderen Teil ihres Körpers, der ihr so zu mißfallen schien: „Zwillinge?" sagte er.

„Du…" sie drehte sich um, ehe er reagieren konnte und sah ihn an: „Du…" wiederholte sie und dann verschlossen ihre Lippen seine und Olafs Hände lagen unterhalb ihrer Hüften und seine Zunge versuchte, mit den Bewegungen ihrer mit zu halten.

Petra hatte seiner Meinung nach maßlos übertrieben: Sie stand vor ihm in ihrem roten Bikini und er starrte sie an.

„Was ist?"

„Was soll sein!"

„Du schaust so, stimmt was nicht?" Sie schaute an sich herunter.

„Im Gegenteil, alles stimmt!" sagte er.

„Wie meinst du das?"

„Wie ich es sage: Du siehst super aus!"

„Das sagst du nur so."

„Warum sollte ich?"

„Um nett zu sein."

„Und warum sollte ich nett sein?"

„Weil du mich magst."

„Ich bin nett, weil ich dich mag. Aber ich mag dich, so wie du bist!"

„Sicher?" Sie stellte sich breitbeinig dicht vor ihn und stemmte ihre Arme in ihre Seiten.

„Ganz sicher." Olaf kniete sich auf das Handtuch und seine Hände wanderten ganz langsam an der Außenseite ihrer Beine hoch.

„Was machst du?"

„Ich zeige dir, daß ich es mag!" Seine Finger hatten ihren Po erreicht: „Versprichst du mir was?"

„Was?"

„Daß du nie so aussehen wirst, wie eins dieser Super-Models?" Er verstärkte den Druck seiner Hände.

„Ich glaube, da brauchst du dir keine Sorgen zu machen, ich tendiere doch wohl eher in Richtung der Rubensfrauen."

„Wie kommst du da drauf?"

„Du erinnerst dich an die Gene?"

„Oh ja, die hätte ich fast vergessen!" Er küßte ihren Bauchnabel und alles drum herum. Petra ließ sich langsam auf die Knie sinken:

„Erinnerst du dich jetzt besser an sie?"

„An wen?" Er küßte die Haut oberhalb ihres Bikinioberteils.

„An die Gene."

„Ganz genau an die!" Er ließ sich seitwärts fallen und zog sie mit. „Das ist schon so eine Sache mit den Genen", sagte er und seine Hand spielte am Verschluß ihres Oberteils.

„Ja, so eine Sache – aber meinst du, hier ist der

richtige Ort?" Sie sah ihn an.

„Nein, vielleicht eher nicht", sagte er und drehte sich auf den Rücken. Sie lag neben ihm und hatte ihren Kopf auf einen Ellenbogen gestützt. Die andere Hand strich über seinen Bauch:

„Weiß er das auch?" sagte sie und Olaf spürte eine kurze Berührung in der Mitte seiner Badehose.

„Nein, der nicht. Der ist wie du, der hat seinen eigenen Kopf."

„Das ist aber gar nicht gut". Petra schob ihren rechten Oberschenkel über sein rechtes Bein. Er spürte den Druck und merkte, wie der Stoff seiner Badehose extrem zu spannen begann. Er hatte die Augen geschlossen. Auf einmal war die Spannung verschwunden.

„Was?" Er öffnete die Augen und wollte sich setzen.

„Alles gut", sagte Petra und drückte ihn wieder nach unten. Sie hatte eines der Badetücher über die Mitte seines Körpers gelegt und die verschwundene Spannung wurde durch einen festen Druck ihrer Hand ersetzt.

„Petra, du willst doch nicht – hier?"

„Ich? Du willst doch – oder er!" Sie erhöhte den Druck.

„Das, das…"

„…das gefällt mir!"

„Ja, mir auch. Das weißt du."

„Ja, das weiß ich. Und jetzt sei still, ja?" Sie küßte ihn und legte ihren Kopf auf seine Brust.

Olaf atmete schwer und tief. Seine linke Hand hatte sich in das Handtuch unter ihm gekrallt. Die rechte suchte Halt in Petras Haaren. Er hatte aufstehen wollen, sich ihr entziehen. Sie waren am Strand. Um sie herum waren überall Menschen. Er hatte das Gefühl, daß sie ihn alle anstarrten, daß alle wußten, was Petra da gerade machte. Er konnte ihre Hand nicht wegschieben. Er war unfähig, sich zu bewegen. Er spürte ihren Körper und er spürte den Druck ihrer Hand. Er biß seine Kiefer fest aufeinander. Sein Atem wurde immer kürzer. Dann war ihr Mund über seinem. Gerade noch rechtzeitig, um zu verhindern, daß er einen lauten Schrei ausstieß.

Der Himmel war blau und die Sonne strahlte. Olaf und Petra lagen nebeneinander im Sand auf einem der Handtücher. Überall um sie herum waren Stimmen. Der Strand war voll. Petra hatte sich auf den Bauch gelegt und schien zu schlafen. Olaf lag auf dem Rücken und hatte die Arme hinter dem Kopf verschränkt. Seine Augen waren versteckt hinter einer Sonnenbrille. Er lächelte. Seine Sonnenbrille war eine Sonnenbrille mit Sehstärke: Er konnte also erkennen, was er sah. Er beobachtete die Menschen, die ein paar Meter vor ihm am Wasserrand entlang gingen. Petra hatte er noch immer nichts von seiner Kurzsichtigkeit erzählt. Im Moment sah er dazu keine Veranlassung. Sie konnte er auch ohne Brille erkennen und das, was er sah, war in seinen Augen scharf genug. Sie lag völlig entspannt neben ihm. Er konnte ihren Atem hören, der ruhig und regelmäßig war. Er ließ seine Augen an ihrem Körper entlang wandern: Über den Rücken, bis zu ihren Hüften und dann über das, was sich von der Bikinihose umschlossen wie ein Sandhügel in der Wüste erhob. Am liebsten hätte er sofort zugegriffen, seine Hände versenkt darin und in dem, was sich unterhalb anschloß. Er verspürte den Drang, ihre Beine mit seinem Körper auseinander zu drücken und sich dann fallen zu lassen, ganz tief. Im Treibsand versinken. Ja, er wollte es. Er wollte es mit ihr. Olaf zwang sich, wieder zum Wasser zu sehen. Er fragte sich, ob es richtig war, es zu wollen. Ob es normal war, es zu wollen. Natürlich war es das, sagte er sich. Er sah die Blicke der Männer, wenn sie vorbei liefen und Petra betrachteten. Es waren eindeutige Blicke. Also, warum sollte er es nicht wollen sollen? Sie war ein Mädchen, ein Mädchen mit einem traumhaften Körper, einem weiblichen Körper, der alles besaß, was ein Mann sich nur wünschen konnte. Und er, er war ein Mann, jedenfalls fast. Aber, warum sollte gerade er das Glück haben, diesen Körper bis ins letzte spüren zu dürfen? Warum hatte sie gerade ihn ausgewählt? Er sah an sich herunter: Gut, Tilo war noch dünner als er, aber an ihm war nichts Besonderes. Er hatte kein Six-Pack und auch seine sonstige Muskulatur war eher weniger entwickelt. Seine Haut war ziemlich hell und an einigen Stellen befanden sich Leberflecke. Die dünnen glatten Haare erhöhten seine Anziehungskraft nicht wirklich. Also, was war es? Er dachte an Annette. Annette war ein Mädchen aus seiner Klasse. Annette war ein nettes Mädchen. Sie war etwa so groß wie er und besaß in etwa auch seine Figur. Ihr Seitenprofil bildete hinten und vorne fast eine gerade Linie. Für ein Mädchen in ihrem Alter war das nicht besonders positiv in den Augen der meisten Jungen. Olaf hatte wahrscheinlich mehr Oberweite als sie. Ihre dunkelblonden Haare waren leicht gewellt und sie trug eine Art Hornbrille. Ja, wenn er neben Annette gegangen wäre, hätte sich niemand darüber gewundert. Sie paßten sehr gut zusammen. Aber Petra!

„Na, was machst du?" Petra war zurück gekehrt aus ihrer Traumwelt.

„Ach, nichts, nur schauen."

„Und, was schaust du?"

„Wasser, Leute…"

„Mädchen!"

„Mädchen, natürlich, vor allem die!" Er grinste.

„Und, war was dabei?"

„Na ja…"

„Wirklich?" Sie hatte sich gedreht und gesetzt.

„Andauernd."

„Und, wo sind sie?"

„Na, überall. Warte, das absolute Highlight kann ich dir sofort zeigen. Das ist so eine kleine, kräftige mit einem roten Bikini…" Olaf hatte seinen Kopf in ihren Schoß gelegt.

„Ach die, ja", sagte sie und strich über seine Haare.

„Ja, die!" Er küßte ihren angenehm weichen Bauch.

„Es war ein schöner Tag!" sagte Petra. Sie standen auf dem Bürgersteig vor der Pension, in der Petra wohnte.

„Ja, ein sehr schöner Tag."

„Obwohl ich ins Wasser mußte!"

„Na, gegen neulich war es doch warm, oder?"

„Ja, stimmt."

„Na also. Außerdem, denk an Schweden!"

„Was ist mit Schweden?"

„Na, der See, die Insel?"

„Ja, das, das war Schweden!"

„Wieso: Das war Schweden? Kalt ist kalt, oder?"

„Apropos kalt, willst du dich noch ein bißchen aufwärmen?"

„Mir ist aber nicht kalt, eher im Gegenteil."

„Na, wie wäre es dann eben mit einer kleinen Abkühlung?"

„Was meinst du?"

„Willst du noch mit rauf kommen?"

„Du meinst, da rauf?", er deutete auf das Fenster, an das er am Morgen die Steine zu werfen versucht hatte. Petra nickte.

„Auf dein Zimmer. Ja, geht das denn?"

„Wenn dich keiner sieht, schon."

„Willst du denn, daß ich noch mitkomme?"

„Würde ich sonst fragen, du Dummkopf?" Sie küßte ihn. „Also, willst du?"

„Du weißt, daß ich will!"

„Gut, dann bleib´ immer dicht hinter mir – Olaf! Nicht so dicht!"

„Schade…"

„Wenn wir an der Tür sind, warte kurz – wenn die Luft rein ist, gebe ich dir ein Zeichen und dann kommst du und gehst gleich die Treppe nach oben – du erinnerst dich an die Treppe?"

„Ja, klar."

„Oben wartest du auf mich!"

„In Ordnung." Sie hatten die Eingangstür erreicht und Petra war im Innern des Hauses verschwunden.

Keine Minute später tauchte sie wieder auf und winkte ihm. Olaf betrat vorsichtig die Pension und lief zur Treppe. Oben wartete er auf Petra:

„Und jetzt?"

„Jetzt müssen wir da lang!" Sie zeigte den Gang entlang, der vor ihnen lag. „Halt, warte!" Sie hielt Olaf am Arm fest, der sich schon in Bewegung setzen wollte.

„Ich geh vor und mache die Zimmertür auf. Wenn ich winke, kommst du!"

„Du denkst auch an alles. Wie oft hast du das denn schon gemacht?"

„Das möchtest du gar nicht wissen!" sagte sie und huschte davon. Es war niemand sonst zu sehen und im ganzen Haus war es totenstill. Sie schienen die Einzigen zu sein, die sich im Augenblick dort befanden.

Schließlich war es geschafft und sie waren beide in Petras Zimmer.

„Was machst du?"

„Ich schließe ab – besser ist besser. Muß nicht sein, daß meine Mutter plötzlich im Zimmer steht!"

„So, warum denn nicht?"

„Sie wäre nicht begeistert, wenn sie dich hier so sieht!"

„Nein? Darfst du denn keinen Besuch haben?"

„Besuch schon, aber…" Sie stellte sich vor ihn und begann, sein T-Shirt nach oben zu ziehen.

„Was jetzt?"

„Wonach sieht es denn aus?" Sie zog ihm das T-Shirt über den Kopf und strich mit ihren Händen über seinen nackten Oberkörper. Olaf stand bewegungslos. Er kostete jede ihrer Berührungen aus. „Was ist?" Sie hielt inne und sah ihn an.

„Wir sind allein!" sagte er.

„Ja, endlich mal allein – nur wir!"

„Nur wir."

„Hattest du das nicht gewollt?"

„Doch, hatte ich."

„Und, willst du es jetzt nicht mehr?"

„Mit dir alleine sein?"

„Ja, mit mir alleine sein!"

„Doch…"

„Und wollen wir jetzt hier so stehen, bis du gehen mußt…", sie küßte ihn und legte seine Hände auf ihre Hüften, „oder…" Olaf spürte ihre Haut durch ihr T-Shirt. Er schob es vorsichtig hoch und berührte sie: weich, weich und warm. Wie alles an ihr. Seine Finger zitterten. Er suchte den Knopf ihrer Jeans und ließ ihn aufspringen. „Schon besser!" sagte sie und tat es ihm gleich: „Bei mir ist das einfacher…"

„Warum?"

„Die Gene, da ist ein größerer Druck dahinter!"

„Ja, die Gene, die hatte ich fast vergessen." Seine Hände legten sich auf ihren Bauch und wanderten von dort hinunter zu ihren Hüften; sie versuchten, ihre Jeans nach unten zu drücken.

„Warte", sagte sie und streifte sie ab. „Jetzt deine!" Olaf setzte sich auf´s Bett und Petra zog an den Hosenbeinen. Sie kniete wieder vor ihm. Er zog ihr das T-Shirt über den Kopf und sie öffnete den Verschluß ihres Bikinioberteils. Dann flog es in hohem Bogen durch den Raum. Olaf sah ihre nackten Brüste und die hervorstehenden Brustwarzen. Er beugte sich vor und küßte sie. Seine Hände begannen, den Bereich um sie herum zu massieren. Petra gab ein leichtes Stöhnen von sich. Olaf wußte nicht, ob er überhaupt noch atmete. Seine Augen hingen an dem, was er vor sich sah. „Komm!" sagte sie und stand auf.

„Wohin?"

„Dusche!"

„Dusche?"

„Ja, du wolltest doch eine Abkühlung!" Sie ging Richtung Bad und er sah, wie sich ihre Hüften und alles andere hoch und runter bewegte und ihm zuzurufen schien: „Folge mir!" Und er folgte diesem Ruf. Petra hatte die Duschkabine schon betreten. Sie trug noch immer ihre Bikinihose.

„Und die?" Olaf zeigte auf seine Hose.

„Die wird wieder naß!" sagte Petra mit einem Lächeln.

Petra und Olaf lagen so gut es ging nebeneinander in ihrem schmalen Bett.

„Und", fragte sie, „was meinst du?"

„Ich bin – ich…" Olaf war noch immer mit einem Teil seiner Gedanken in der Dusche.

„War es in Ordnung – so?"

„War es, aber…"

„Aber?"

„Um bei den Genen zu bleiben – ich hätte nichts dagegen, sie weiter zu geben!"

„Ja, das weiß ich. Ich will es auch. Aber…", sie machte eine Pause, „…aber, es ist zu gefährlich im Moment!"

„Zu gefährlich, wieso?"

„Wieso? Das fragst du jetzt nicht im Ernst, oder?" Sie sah ihn völlig entgeistert an.

„Was sollte passieren, was bisher nicht passiert ist?"

„Ich könnte schwanger werden, zum Beispiel!"

„Wieso?"

„Na, weil ich eine Frau bin!"

„Aber, ich dachte…"

„Was dachtest du, daß ich unfruchtbar bin?"

„Nein, daß du die Pille nimmst!" Olaf war völlig perplex.

„Du dachtest, ich nehme die Pille?"

„Ja, ich dachte, jedes Mädchen nimmt heute die Pille, wenn es sechzehn ist!"

„Olaf!"

„Dachte ich, ehrlich", sagte er kleinlaut und schämte sich für seine Dummheit.

„Ach, Olaf – ich verstehe. Tut mir leid."

„Dir? Warum dir! Mir muß es leid tun, daß ich das gedacht habe! Ich bin der Idiot!"

„Du bist kein Idiot!"

„Doch, zuweilen schon. Darf ich dich was fragen?"

„Was du willst."

„Warum, warum nimmst du sie nicht?"

„Aber du darfst nicht lachen, wenn ich es sage."

„Warum sollte ich lachen?"

„Weil es blöd ist."

„Ich lache nicht, versprochen."

„Ich habe Angst, zuzunehmen."

„Du hast was?"

„Ja, die Hormone. Ein paar von meinen Freundinnen sind richtig auseinander gegangen, seit sie die nehmen. Und ich – na ja, bin eh schon rund genug."

„An einigen Stellen stimmt das schon, mit dem rund", sagte Olaf und strich über ihren Po, „aber das ist auch gut so!"

„Du bist lieb."

„Nein, ehrlich: Ich mag deinen Körper – genauso, wie er ist –genau so!" Er küßte sie.

„Eben und mit der Pille wäre er vielleicht nicht mehr genauso…"

„Na ja, ein bißchen mehr könnte ich schon noch ertragen; wäre einen Versuch wert!"

„Soll ich sie nehmen?"

„Wie?"

„Willst du, daß ich sie nehme?"

„Würdest du sie denn nehmen, meinetwegen?"

„Nicht nur deinetwegen. Aber, unseretwegen – ja, würde ich."

„Es ist dein Körper, nicht meiner."

„Ich weiß. Also, willst du, daß ich sie nehme?"

„Muß ich das jetzt entscheiden hat mir mal jemand gesagt, den ich ganz besonders mag."

„Nein, wenn wir uns wiedersehen, dann mußt du das nicht jetzt entscheiden."

„Warum sollten wir uns nicht wiedersehen?"

„Weil, wenn ich sie nicht nehme, noch, jetzt – vielleicht…"

„Wer von uns ist hier der Dummkopf?" Er sah sie an und strich über ihre Wange.

„Ich", hauchte sie.

„Außerdem, ich gewöhne mich allmählich an die nassen Hosen!" Olaf ließ seinen Körper über ihren gleiten und das Metallgestell, auf dem die Matratze lag, begann, munter vor sich hin zu quietschen.

„Petra?" Es klopfte an der Tür: „Ist alles in Ordnung?"

„Meine Mutter!"

„Was will die denn?"

„Keine Ahnung, sei ruhig", flüsterte Petra. „Ja, Mama, was soll denn sein?" rief sie.

„Da waren so komische Geräusche!"

„Komische Geräusche?" Sie mußte sich das Lachen verkneifen und Olaf die Hand vor den Mund halten, dem es ebenso ging.

„Ja, mach doch auf, Kind, dann muß ich nicht so schreien!"

„Ja, gleich, Mama!"

„Und ich?" Olaf war kalkweiß.

„Nimm deine Sachen, schnell und dann..." Petra sah sich in ihrem Zimmer um: „...in den Schrank!"

„In den Schrank?"

„Ja, los, das kennst du doch aus Filmen, oder?" Sie war aufgesprungen und hatte sich ihr Nachthemd über den Kopf geworfen: „Hier!" sie hielt Olaf sein T-Shirt hin, „vergiß das nicht!"

„Danke", sagte er und verschwand hinter der Schranktür.

„Petra?"

„Ja, ich bin ja schon da!" Petra öffnete ihre Zimmertür: „Ich war schon im Bett, Mama."

„Jetzt schon, du?"

„Was ist daran denn so ungewöhnlich?"

„Es ist gerade neun, da bist du meistens noch gar nicht da!"

„So ein Blödsinn", sagte Petra und warf einen kurzen Blick in Richtung Schrank, „außerdem war ich müde heute, das ist alles wegen der Gene."

„Der Gene wegen!" sagte ihre Mutter.

„Was?"

„Der Gene wegen, es heißt: Der Gene wegen."

„Danke, Mama, dann der Gene wegen, ist doch egal."

„Du willst doch das Abitur machen, da sind solche Feinheiten schon angebracht."

„Und, wie war euer Tag?"

„Schön, sehr schön. Wir waren mit Wilkes Essen noch eben. War sehr nett. Und Ilona geht es auch wieder gut."

„Wieder gut?"

„Sie hat natürlich nicht zugegeben, daß es ihr heute früh nicht gut gegangen ist!"

„Hat sie nicht?"

„Nein, aber sie freut sich schon auf dich."

„Auf mich?" Petra sah ihre Mutter an.

„Ja, sie muß dich besonders mögen."

„Schön, und?"

„Sie will dir ihre anderen Puppen zeigen."

„Andere Puppen?" Petra verstand überhaupt nichts.

„Ja, ihre – was war das?"

„Was war was?"

„Na, dieses Geräusch eben!"

„Ach, das. Das war nichts."

„Doch, ich habe es deutlich gehört, das kam von da hinten irgendwo!" Sie zeigte in Richtung Schrank.

„Ach, das! Das ist das Haus, das ist dauernd, das Alter – da gewöhnt man sich dran; ich hör das schon gar nicht mehr!"

„Merkwürdig. Wo war ich?"

„Bei Ilonas Puppen."

„Ja, wenn wir morgen da sind, will sie sie dir auf jeden Fall zeigen."

„Da sind? Morgen? Wo da sind?"

„Na, bei Wilkes. Die haben uns zum Kaffee eingeladen."

„Zum Kaffee? Bei Wilkes?"

„Die haben doch eine Ferienwohnung, da geht das natürlich."

„Natürlich. Ihr wolltet ja keine. Wann denn morgen?"

„Um fünfzehn Uhr."

„Und ich muß…"

„Ja, Petra, schon wegen Ilona."

„Und, ist ihr Bruder auch da?"

„Warum?"

„Ach, nur so."

„Nur so?" Sabine sah ihre Tochter an: „Wie war es denn heute so?"

„Ja, ging so."

„Wart ihr am Strand?"

„Ein bißchen, ja."

„Und dann?"

„Dann mußte er weg."

„Und da hat er dich einfach so alleine gelassen?"

„Er hatte eine Verabredung, glaube ich."

„Magst du ihn?"

„Warum sollte ich ihn mögen?"

„Weil du nach ihm gefragt hast und weil er ein netter Junge zu sein scheint."

„Mama, was du immer gleich denkst!"

„Ich kenne dich, mein Kind!"

„Mama!"

„Und warum wirst du rot?"

„Ich werde überhaupt nicht rot. Das ist von der Sonne heute."

„Ach so, natürlich, von der Sonne."

„Von der Sonne."

„Dann schlaf mal gut, mein Kind und träum schön von der Sonne!" Ihre Mutter gab ihr einen Kuß auf die Stirn und verließ das Zimmer.

Petra lehnte sich gegen die geschlossene Tür: „Rot! Ha, ich und rot werden!" sagte sie. Dann horchte sie auf. Sie glaubte, ein leises Klopfen zu hören: „Olaf!" Sie lief zum Schrank: „Ich hatte dich beinahe vergessen!" sagte sie, nachdem sie ihn befreit hatte.

„Kein Problem, war schön hier drin, richtig gemütlich, könnte ich mich glatt dran gewöhnen!"

„Mußt du vielleicht auch", sagte sie und gab ihm einen Kuß, „oder auch nicht."

„Was? Warum nicht? Willst du mich nicht mehr sehen?"

„Du hast meine Mutter gehört: Du bist ein netter Junge und ich scheine dich zu mögen, denkt sie jedenfalls."

„Ach so, du meinst…"

„Ja, ich könnte dich ja noch ein bißchen netter finden, mich vielleicht sogar in dich verlieben, obwohl das natürlich sehr weit her geholt ist…"

„…sehr weit her geholt…"

„…aber schließlich nicht ganz unmöglich…"

„Und dann, dann bräuchte ich nicht mehr in den Schrank."

„JA!" Sie umarmte ihn.

„Obwohl, ich werde ihn vermissen, den Schrank!"

„Und morgen: Bist du da?"

„Wo?"

„Na, bei euch, wenn wir kommen!"

„Hmm, laß mal überlegen, dafür spricht ja, daß deine Eltern ganz in Ordnung sind, aber – die bringen ihre Tochter mit und da, na ja…" Er drückte sie an sich: „Natürlich bin ich da. Wo sollte ich sonst sein. Und außerdem mußt du dich ja in mich verlieben, ein bißchen!"

„Und vorher, sehen wir uns vorher noch?"

„Wann muß ich gehen?"

„Von mir aus überhaupt nicht!"

Sechzehntes Kapitel

„Und: Haben sie noch was gesagt?"

„Wer?" Petra sah Olaf an.

„Na, deine Eltern!"

„Nö, sollten sie?"

„Und sie haben nichts gemerkt?"

„Von gestern Abend? Nein! Und auch sonst, die sind völlig ahnungslos, wie eine Jungfrau!"

„Also, wie du!" er strahlte sie an.

„Wenn du es so siehst."

„Und meinst du…" Er setzte seinen besten Dackelblick auf, „ich darf mir heute Abend nochmal deinen Schrank ansehen?"

„Mal sehen, wie das mit dem Kaffee läuft und so!"

„Blöd, daß wir da nicht zusammen auftauchen können."

„Können wir nicht?"

„Erstens wäre das zu auffällig, finde ich: Schließlich findest du mich ja nur nett bisher und ich dich, na ja, gute Figur halt!"

„Fiesling!" Sie drückte ihren Kopf in Olafs Seite. Sie gingen die Strandstraße Richtung Kurpark.

„…und zweitens muß ich um zwei zu Hause sein."

„Um zwei schon?" sagte Petra überrascht. „Warum das denn, wir kommen doch erst um drei!"

„Ich soll helfen…"

„Auch gut, dann komm ich eben mit meinen Eltern."

Der Kurpark lag am äußersten Ende von Döse in der Nähe der Kugelbake. Er erstreckte sich einem Halbkreis gleich zwischen der Strandstraße und dem Döser Seedeich. Richtung Norden wurde er begrenzt durch die Kugelbake-Halle, in der im Sommer immer die Veranstaltungen für die Kurgäste stattfanden. Auf der Rückseite der Halle befand sich der Brunnenhof, der im Sommer bei schönem Wetter ebenfalls für Veranstaltungen genutzt wurde. Zur Strandstraße hin begrenzte eine kleine Ladenzeile den Park, in deren Mitte sich ein Durchgang befand. Durch ihn gingen Olaf und Petra.

„Wollen wir zu den Viechern?" fragte Olaf.

„Was für Viechern?"

„Na, den Tieren!"

„Die haben hier Tiere?" sagte Petra erstaunt.

„Klar – warst du etwa noch nicht hier?"

„Ich bin das erste Mal – du weißt!"

„Ja, das aber schon fast zwei Wochen!" Olaf schüttelte leicht den Kopf.

„Ich hatte eben Besseres zu tun!" sagte sie mit einem tiefgründigen Grinsen.

„So, was denn?"

„Na, was schon!"

„Ach so ist das also – und?"

„Frag meinen Schrank!"

„Der hat bestimmt ganz schön was mit gemacht."

„Ja, der könnte dir Geschichten erzählen, aber…"

„Aber?"

„Jetzt bist du ja da – und da geht immer nur einer rein. Da müssen die anderen halt warten!"

„Na, wenn das so ist!" Er küßte sie.

„Was für Tiere?"

„Was für Tiere?"

„Ja, was für Tiere haben die hier?"

„Meerschweinchen, Kaninchen und sowas. Da hinten!" Olaf zeigte nach rechts, wo Petra mehrere umzäunte Flächen erkennen konnte.

„Komm!" Petra zog Olaf mit sich. „Oh, sind die niedlich. Schau mal, das Kleine da!" Sie zeigte auf ein schwarz-weißes Rosettenmeerschweinchen, das etwas kleiner als die anderen war, die sich zwischen den Zwerghasen oder Kaninchen in dem Gehege drängten. Olaf wußte, daß es da einen Unterschied gab – aber er hatte nie verstanden, welcher das war. Für ihn sahen Zwerghasen und Kaninchen genauso aus.

Petra war begeistert. Sie bewegte sich von links nach rechts und von rechts nach links um das Gehege.

„Hast du eins?" fragte Olaf.

„Ein Meerschweinchen?"

„Ja."

„Nein."

„Ein anderes Tier?"

„Ich hatte mal ein Kaninchen, als ich klein war", sagte sie ein wenig traurig.

„Als du klein warst?" er sah sie an.

„Mach dich nur lustig! Was mir an Körpergröße fehlt, mach ich woanders wieder wett!"

„Stimmt!" sagte er und klatschte ihr auf den Po.

„Du Scheusal!"

„Was?" sagte er und sah sie an.

„Hast du Tiere?"

„Du lenkst ab!"

„Und, hast du?"

„Ich nicht, aber Ilona."

„Ilona?"

„Ja, die hat einen halben Zoo!"

„Ich dachte, ihr habt nur ein Reihenhaus mit kleinem Garten?"

„Haben wir ja auch."

„Und die Tiere?"

„Die sind bei meiner Oma. Die hat ein riesiges Grundstück."

„Ach so. Und was hat sie für Tiere?"

„Na, da gibt es fast alles, was es auch hier gibt – außer den Seehunden natürlich."

„Die haben hier Seehunde? Ich mag Seehunde. Wo sind die denn?" Petra sah sich suchend um.

„Im großen Becken."

„Wo ist das? Da?" Sie zeigte auf eine lange Mauer in etwa zwanzig Metern Entfernung.

„Ja, da."

„Dann komm!" Sie rannte zu der Mauer, hinter der sich das große Becken befand, das sich einmal durch den gesamten Kurpark zog. Es hatte die Form eines Rechteckes, das als Halbkreis angelegt war. Auf ihrer Seite war es durch eine ca. einen Meter hohe Betonmauer eingefaßt. Hinter der Mauer war das Wasser und hinter dem Wasser zog sich eine mit Bäumen und Büschen durchsetzte Wiese am Ufer entlang. Auf der Wiese und im Wasser konnte man die unterschiedlichsten Wasservögel beobachten: Möwen, Enten, Bläßhühner. Der ein oder andere Schwan war auch zu entdecken. Es kam sogar vor, daß sich ein Kormoran hierher verirrte und einmal hatte Olaf einen Reiher gesehen. Aber die Attraktion für die meisten Besucher waren die Seehunde, die sich in dem Becken tummelten. Mit etwas Geduld konnte man den einen oder anderen sehen. Petra starrte wie gebannt auf das Wasser:

„Da!" schrie sie, „da war einer!" Hast du gesehen?" Sie strahlte Olaf an.

„Habe ich. Hast du noch nie einen gesehen?" Olaf verstand ihre Aufregung nicht, aber er freute sich, daß sie sich freute.

„Doch, im Zoo – aber noch nicht hier!"

„Wo ist der Unterschied? Die sind auch im Becken!"

„Aber es ist anders, das ist hier!"

„Gut, dann komm mit!"

„Wohin? Ich will noch ein bißchen…"

„Kannst du ja, die laufen nicht weg!" sagte er und grinste.

„Wo willst du hin?"

„Auf die andere Seite."

„Was ist auf der anderen Seite?"

„Eine Überraschung!" Er legte den Arm um sie und sie gingen am Becken entlang, bis sie auf der anderen Seite ankamen. Olaf zeigte auf einen riesigen Metallkäfig: „Da sind die Uhus drin!" sagte er.

„Und das ist die Überraschung?" sagte sie ein wenig enttäuscht. Uhus waren imposante Vögel, aber dafür die Seehunde zu verlassen, wäre ihr nicht in den Sinn gekommen.

„Nein, da!" Olaf zeigte auf ein Becken links von der Voliere.

„Was ist da drin?"

„Na, die Heuler!"

„Die Euler?"

„Nein, Heuler, mit H!"

„Heuler, was sind Heuler?"

„Du weißt nicht, was ein Heuler ist?" Olaf war überrascht.

„Nee, keine Ahnung, was?"

„Na, du zum Beispiel", er gab ihr einen Kuß auf die Nase, „aber du bist diesmal nicht gemeint, sondern die!" Er zeigte auf etwas, das sich im Wasser des Beckens bewegte.

„Ein Babyseehund!" sagte sie begeistert, „das ist ein Babyseehund!"

„Na endlich!" Sabine sah demonstrativ auf die Uhr, als Olaf die Ferienwohnung betrat.

„Es ist doch erst zehn nach, Mama!"

„Wasch dir die Hände, zieh dich um!"

„Umziehen, warum denn umziehen?"

„Sieh dich doch mal an!"

„Wieso, was ist denn falsch an dem, was ich anhabe?" Er zeigte auf das T-Shirt und die ausgewaschene Jeans, die er trug.

„Olaf, bitte!"

„Mama…"

„Du willst doch einen guten Eindruck machen!"

„So, will ich?"

„Was soll denn Petra von dir denken, wenn du so", sie zeigte auf ihn, „erscheinst!"

„Petra? Wieso, was soll die denn denken?"

„Die ist doch ganz nett, ein nettes Mädchen." Seine Mutter war damit beschäftigt, den Küchentisch zu decken.

„Ja, Mama, kann sein."

„Ich finde sie sehr nett!" sagte Ilona, die mit einem länglichen Glasteller aus dem Wohnzimmer aufgetaucht war.

„Das ist schön für dich!" sagte Olaf und verschwand im Bad.

Kurz vor fünfzehn Uhr klingelte es: Alles war fertig. Der Kaffee, ebenso der Kuchen, den Ilona hatte holen dürfen vom Bäcker an der Ecke; sogar eine ausreichende Anzahl von Kaffeetassen und Kuchentellern hatte seine Mutter in den Küchenschränken aufgetrieben, selbst farblich passende Servietten lagen auf dem Tisch. Das Empfangskomitee stand bereit: Sabine in ihrem neuesten Sommerkleid mit den Ohrringen ihrer Mutter. Ilona wie immer in Jeans, aber in ihrer besten Bluse, ihren größten Ohrringen, der auffälligsten Kette und der merkwürdigsten Frisur – sie wollte ohne Frage Eindruck machen – sogar Uwe hatte sich schweren Herzens von seinem Urlaubsjogginganzug getrennt und eine Jeans aus dem Koffer gekramt, und das von seiner Frau bereit gelegte Hemd angezogen – die Krawatte jedoch, trotz ihrer strafenden Blicke, wieder in einer fernen Ecke des Kleiderschrankes verschwinden lassen.

„Ich mach auf, ich mach auf!" rief Ilona und stürzte in den Flur. Sie hatte die letzten fünfzehn Minuten am Fenster im Wohnzimmer verbracht und auf die Straße gestarrt. „Hallo!" sagte sie, als sie die Tür geöffnet hatte und Inge und Wolfgang vor ihr standen, „ich habe euer Auto gar nicht gesehen!"

„Ja, Ilona hat die ganze Zeit aus dem Fenster gestarrt, müßt ihr wissen", Sabine war hinter Ilona in der Tür erschienen, „aber, kommt doch erstmal rein!"

„Hallo, ja, wir sind gelaufen, bei dem Wetter!" sagte Inge.

„Und gesund ist es ja auch noch!" Wolfgang schob sich in den Flur. „Hallo Mäuschen!" sagte er und fuhr Ilona über ihren Kopf.

„Petra!" strahlte Ilona und fiel ihr um den Hals. „Komm mit, da hinten…"

„Ilona, später!"

„Aber Mama, ich wollte doch…"

„Du kannst Petra später dein Zimmer zeigen, der Kaffee ist fertig!"

„Na gut, dann eben später", sagte sie enttäuscht, „aber Petra sitzt neben mir!"

„Von mir aus", sagte Sabine, „wenn du dann Ruhe gibst."

„Petra komm, hier!" Ilona hatte sich auf ihren Platz

gesetzt und schlug mit der Hand auf die Sitzfläche des Stuhles neben ihr, auf die sich Petra setzte. Sabine nahm am oberen Kopfende des Tisches Platz, rechts neben ihr Inge und links von ihr saß Ilona. Neben Inge wurde Wolfgang platziert. Uwe saß seiner Frau gegenüber und Olaf rahmte Petra auf der anderen Seite ein.

Olaf liebte es, in Petras Nähe zu sein, aber sie so nah neben sich zu haben, ohne sie berühren zu dürfen, war etwas, daß ihm überhaupt nicht behagte. Er wußte nicht, wie lange er das zu ertragen bereit war.

„Schön, daß ihr kommen konntet", sagte Sabine, „langt ordentlich zu, ist genug da!"

„Ach, Sabine, das sieht ja alles so gut aus, aber was sagen meine Hüften dazu!" sagte Inge und ließ sich ein großes Stück Sahnetorte geben.

„Mir auch eins davon, bitte!"

„Wolfgang!" Inge sah ihn strafend an.

„Inge…"

„Na gut, warum nicht. Seit du morgens läufst, fällst du mir ja fast vom Fleisch. Wißt ihr, Wolfgang joggt hier jeden Morgen!"

„Ist das wahr?" Uwe sah ihn bewundernd an.

„Das solltest du auch mal versuchen!" Sabine sah Uwe an, „vielleicht könntet ihr ja auch zusammen laufen!"

„Keine schlechte Idee", sagte Wolfgang, „ich habe ja Petra schon mal das Angebot gemacht, aber die wollte gar nicht!"

„Warum sollte sie denn auch?" sagte Inge und lächelte ihrer Tochter zu, „sie ist eh schon nur ein Strich in der Landschaft!"

„Mama, bitte!"

„Schon gut, schon gut. Die jungen Mädchen heute: kaum ist da irgendwo etwas außer Haut und Knochen, sind sie schon zu dick!"

„Ja, das war zu unserer Zeit noch anders!" sagte Sabine, „da wollte keiner solche Hungerharken!"

„Was ist eine Hungerharke, Mama?" wollte Ilona wissen.

„Nichts, mein Kind. Hier, nimm noch ein Stück!"

„Au ja, danke!"

„Ich sage ja immer, wenigstens das Kind ist normal!"

„Warte mal, bis sie zwei, drei Jahre älter ist!" sagte Olaf.

„Nanu, seit wann verstehst du denn etwas davon?" wollte sein Vater wissen.

„Ach, ich, eigentlich – na das liest man doch überall und im Fernsehen, da ist es doch auch immer."

„Ach so, im Fernsehen", er warf seinem Sohn einen sonderbaren Blick zu, „na, das mit dem Laufen ist vielleicht gar keine schlechte Idee", sagte er dann, an Wolfgang gewandt.

„Ich laufe immer so um acht. Wir können uns ja morgen treffen!" Wolfgang beugte sich zu Uwe und flüsterte ihm ins Ohr: „Und anschließend dann noch zum Frühschoppen!"

„Gut, ich kann´s ja mal versuchen – dann gib mal noch ein Stück, Sabine, damit es sich wenigstens lohnt."

„Und du, Olaf?"

„Ich nicht, ich laufe nicht."

„Ob du noch Kuchen willst?"

„Kuchen?"

„Junge, was ist bloß in letzter Zeit mit dir los."

„Nichts ist los."

„Das meine ich ja", sagte Sabine. „Weißt du, Inge, der Junge wirkt so abwesend immer."

„Vielleicht sollte er mal raus, mal weggehen. Hat er denn eine Freundin? Olaf, hast du eine Freundin?" Alle sahen ihn gespannt an.

„Eine Freundin? Was sollte ich denn mit einer Freundin?"

„Na, da wüßte ich so einiges, mein Sohn!" sagte Uwe und lachte.

„Uwe, du machst ihn ja ganz verlegen. Da, er wird rot!" sagte Sabine.

„Ach, mach dir nichts draus, mein Junge", sagte Wolfgang, „das ist ganz normal, als ich in deinem Alter war…"

„Wolfgang, das will keiner hören!" sagte Inge.

„Und Petra?" fragte Sabine, „hast du denn einen Freund?"

„Was wird denn das, Mama, ein Verhör?" Olaf sah seine Mutter an.

„Verhör? Doch kein Verhör. Da zeigt man mal Interesse dafür, was die Kinder so machen…"

„Also, uns hat sie noch keinen vorgestellt jedenfalls", sagte Inge.

„Dabei ist sie so ein hübsches Mädchen, nicht Olaf?" sagte Sabine.

„Ja, aber dein Sohn ist auch ein ganz netter!" Inge lächelte Olaf an.

„Vielleicht sollten die beiden mal zusammen irgendwo hin gehen!"

„Genau, Sabine, das ist doch mal eine gute Idee. Und mal was Anderes, als den ganzen Tag mit den Erwachsenen rumhängen zu müssen."

„Eure Mütter haben gar nicht so Unrecht, vielleicht wollt ihr ja mal ins Kino gehen!" sagte Wolfgang.

„Oder Tanzen. Das macht man doch heute auch noch unter jungen Leuten, oder?"

„Ja, tanzen ist toll!" meldete sich Ilona zu Wort.

„Ilona, du bist noch zu jung dafür!"

„Aber Mama, ich bin dreizehn!"

„Eben!"

„Aber, wenn Petra und Olaf gehen, dann könnte ich doch mit!"

„Ja, wenn die beiden auf dich aufpassen..."

„Bitte, Mama, bitte!" Ilona schmachtete ihre Mutter an.

„Was meinst du denn, Uwe?"

„Ich glaube, ich habe da was gelesen, warte, ach hier ist es ja", Uwe zog das Infoblatt hervor, das rein zufällig neben seinem Teller gelegen hatte und das auch noch rein zufällig auf der Seite aufgeschlagen war, auf der das Ereignis angekündigt wurde, von dem er gesprochen hatte: „Brunnenhof-Party, morgen Abend."

Olaf und Petra warfen sich einen kurzen Blick zu. Beide dachten dasselbe.

„Eigentlich habe ich keine große Lust...", begann Olaf.

„Was soll ich denn da, ich kenne doch gar keinen!" sagte Petra.

„Doch, mich – und Olaf. Schade, das Tilo erst am Samstag kommt, der würde bestimmt mitkommen!"

„Tilo?" Petra schaute zu Olaf.

„Tilo ist Olafs Freund", sagte Ilona.

„Und der kommt am Samstag?" Petra sah Olaf fragend an.

„Ja Samstag, erst Samstag, hatte ich ganz vergessen."

„Du hattest vergessen, daß Tilo kommt?" Sabine sah ihren Sohn entsetzt an: „Mit dem Jungen scheint wirklich etwas nicht zu stimmen!"

„Geht ihr nun?" Ilona sah erst Petra und dann Olaf an. „Petra, bitte, wenigstens du!"

„Gut, wenn Olaf geht, dann gehe ich auch!"

„Na, das ist doch mal ein Wort!" sagte Uwe. „Also, Junge, was ist? Du willst doch die beiden jungen

Damen nicht enttäuschen?"

„Da bleibt mir wohl nichts anderes übrig…"

„Danke Olaf!" rief Ilona und klatschte in die Hände", „und darf ich jetzt Petra meine Puppen zeigen?"

„Deine Puppen?" Olaf sah seine Schwester an und sagte dann, an seine Mutter gewandt: „Bist du sicher, daß das morgen für Ilona das Richtige ist?"

Olaf saß alleine am Küchentisch. Er hatte das Geschirr abgeräumt, weil er nicht gewußt hatte, was er sonst hätte tun sollen. Jetzt stand eine geöffnete Flasche Bier vor ihm. Aus dem Wohnzimmer hörte man die Stimmen von Uwe, Wolfgang, Sabine und Inge, die sich prächtig zu unterhalten schienen. Ab und an tauchte sein Vater in der Küche auf und holte Nachschub an Getränken aus dem Kühlschrank ohne Notiz von ihm zu nehmen. Petra und Ilona waren in Ilonas Zimmer.

Olaf dachte nach. Wie oft hätte er diesen kleinen Wurm, der sich Schwester schimpfte, in der Vergangenheit würgen, verbrennen oder vierteilen können – doch heute war er dankbar, daß es ihn gab. Ilona hatte mit ihrem Generve dafür gesorgt, daß Petra und er ein offizielles Date hatten, aus dem sich dann auch mehr entwickeln konnte. Und er kannte seine Schwester gut genug, sie würde ihren Eltern auf jeden Fall berichten von dem Abend. Nur Tilo machte ihm Kopfschmerzen: Samstag kam er. Was sollte er ihm dann sagen? Er mußte einen klaren Kopf haben, um darüber nachdenken zu können. Wenn er jetzt gehen würde, würde ihn niemand vermissen. Aber, warum sollte er gehen, so lange Petra noch hier war. Ja, so lange Petra hier war und doch nicht bei ihm, waren seine Gedanken viel zu sehr in Gedanken an sie gefangen, als daß er wirklich über etwas Anderes hätte nachdenken können. Er mußte mit ihr reden, unbedingt. Er mußte sich etwas einfallen lassen, um sie von Ilona loszueisen. Er nahm einen kräftigen Schluck aus der Flasche und sah dann weiter auf die Wand gegenüber.

„Hast du auch eins für mich?" Er spürte, wie sich zwei Arme von hinten um seine Schultern legten.

„Petra! Ich hab dich gar nicht kommen gehört, wenn das einer sieht!"

„Wer sollte es sehen?"

„Wo ist Ilona?"

„Die ist in ihrem Zimmer – bekomme ich nun eins?" Sie zeigte auf die Flasche vor Olaf.

„Ja, warte." Olaf stand auf und holte Petra ein Bier.

„Danke", sagte sie und ließ ihre an seine Flasche stoßen: „Auf morgen!"

„Morgen! Erinnere mich bloß nicht daran!" Olaf setzte die Flasche an seinen Mund: „Leer!" Er ging zum Kühlschrank und holte sich eine neue.

„Was ist denn so schlimm an morgen?"

„Eigentlich nichts, aber…"

„Ich finde das super: Wir können zusammen weg gehen, einfach so, ohne uns verstecken zu müssen – wir können tanzen und wir können – uns verlieben!" Sie sah ihn mit einem schmachtenden Blick an.

„Ja – sag mal, hattest du nicht auch den Eindruck, als wenn die uns unbedingt verkuppeln wollten?"

„Total! Das war ja schlimmer als in so einer Seifenoper!"

„Wenn die wüßten!"

„Ja, aber sie wissen nicht – und sie werden denken, daß es ihr Werk war!"

„Sollen sie doch – wir machen ja nur, was sie wollen."

„Genau. Und meinst du, wir können jetzt schon ein bißchen damit anfangen?"

„Mit dem Verliebtsein?"

„Hmm…", sie nickte.

„Aber nur ganz wenig."

„Wie wenig?"

„Sehr wenig."

„Weniger als so…" Sie küßte ihn vorsichtig auf die Wange.

„Ich glaube, weniger…" sagte er und zog sie an sich.

„Petra, wo bleibst du denn?"

„Ich komme gleich!" rief Petra und löste sich von Olaf.

„Wo bist du denn?"

„In der Küche!"

„Ach, da bist du ja." Ilona tauchte in der Küchentür auf.

„Olaf hat mir was zu Trinken gegeben, ich hatte Durst."

„Ach so. Kriege ich auch eins?" Ilona sah ihren Bruder an.

„Du bist dreizehn!" sagte Olaf.

„Na und. Ich habe schon Bier getrunken."

„Aber nicht hier!" sagte Olaf kurz.

„Komm, Petra wir gehen wieder in mein Zimmer. Olaf ist doof."

„Ach ja? Dann wird sich der doofe Olaf das mit Morgen nochmal überlegen!"

„Nein, du hast es versprochen!" sagte sie schnaufend und verschwand in Richtung ihres Zimmers.

„Ich komme gleich, ich trink nur noch aus!" rief ihr Petra hinterher. „Meinst du, das war eine gute Idee?"

„Was? Ihr zu sagen, daß ich mir das mit morgen nochmal überlege?"

„Ich weiß nicht…"

„Ja. Ich wollte…"

„Was wolltest du?"

„Mit dir alleine sein!"

„Warte, ich glaube, ich hab da eine Idee!"

„Wirklich? Ich denke schon die ganze Zeit darüber nach, wie wir hier unauffällig rauskommen. Mir fällt nichts ein."

„Dafür hast du ja mich."

„Und?"

„Geh einfach und warte an der Ecke. Ich bin in zehn Minuten da!"

„Wie willst du das denn schaffen – die", er zeigte in Richtung von Ilonas Zimmer, „läßt dich doch niemals gehen!"

„Warte einfach!" Sie drückte ihm noch einen Kuß auf die Wange und ließ ihn dann in der Küche zurück.

„Wie hast du das gemacht?" Olaf fing Petra auf, die in seine Arme stürmte.

„Laß uns gehen, ich erzähl´s dir dabei!"

„Nichts lieber als das", sagte Olaf und schlenderte mit ihr Arm in Arm Richtung Strand davon.

„Wie hast du es nun gemacht?"

„Ganz einfach: Ich hab ihr gesagt, daß ich mich schon so auf morgen gefreut habe und das jetzt blöd wäre, wenn du nicht mitkommst. Und jemand müßte mit dir reden nochmal, ob sie das nicht machen könnte. Na ja, sie meinte dann, daß das keinen Sinn hat, weil du eh nicht auf sie hören würdest…"

„Da hat sie recht!"

„Ich war ziemlich traurig und da meinte sie, ob ich das nicht machen kann. Na, wie du siehst, habe ich mich schweren Herzens dazu durchgerungen." Sie küßte ihn auf die Wange.

„Genial!"

„Finde ich auch – habe ich mir da nicht eine Belohnung verdient?"

„Hast du. Wie wäre es mit einem Eis?"

„Eis? Willst du, daß ich platze, ich habe zwei Stück Kuchen gegessen!"

„An was dachtest du denn?"

„Ich dachte eher, daß du mir ein bißchen Nachhilfe in Biologie gibst, Vererbungslehre…"

„Vererbungslehre - du weißt schon, daß das ein ziemlich trockener Stoff ist", sagte Olaf.

„Ja, schon, aber das mit dem Trockenen könnten wir ja ändern, oder?" Sie grinste ihn an und ihre Finger schoben sich ein kleines Stück weiter um seine Hüfte nach vorne.

„Ja, wäre nicht schlecht."

„Ich habe meine Unterlagen bei mir im Zimmer…"

Es war ein warmer Sommerabend. Sie hatten Petras Zimmer wieder verlassen, um ein mögliches Zusammentreffen mit ihren Eltern zu vermeiden.

„Du bist so still!"

„Ich? Das kommt Dir nur so vor."

„Wirklich?" Petra sah Olaf an. Die beiden saßen auf einer Bank auf jenem Platz gleich um die Ecke von der Stelle, wo Petra mit ihren Eltern wohnte. Man hatte von hier aus alles im Blick und konnte im Notfall schnell reagieren, wenn jemand kam, der sie nicht so zusammen sehen sollte, bevor dieser Jemand sie sehen konnte. Olaf hatte seinen linken Arm um Petras Schulter gelegt. Sie saß halb zu ihm gedreht links neben ihm. Ihr linkes Bein lag angewinkelt über seinem ausgestreckten linken.

Olaf starrte vor sich ins Leere. Er hatte sich seit dem Nachmittag mehr mit der Ankunft von Tilo beschäftigt, als er wollte. Er schob den Gedanken immer wieder von sich. Das war nicht weiter schwer in Petras Gegenwart. Aber lange ging es nicht mehr. Samstag war er da. Was sollte er ihm sagen: „Hi Tilo, das ist Petra – meine Freundin und: ich werde meine Zeit mit ihr und nicht mit dir verbringen!" Nein, das konnte er nicht tun. Wie auch immer er sich manchmal verhielt, Tilo war sein Freund. Die Lösung des Problems lastete schwer und schwerer auf ihm. Er hatte versucht, es die letzten Stunden so gut es ging vor Petra zu verbergen. Aber Petra wäre nicht Petra, wenn sie nicht gemerkt hätte, daß ihn etwas bedrückte.

„Na ja", sagte er schließlich, „Es ist wegen Tilo!"

„Deinem Tilo?"

„Ja, meinem Tilo!"

„Und?"

„Du hast ihn erlebt!"

„Ja, habe ich!" sagte Petra und mußte lachen.

„Ja, komisch ist er schon manchmal!" Auch Olaf lachte.

„Sehr komisch!"

„Aber eben nicht immer."

„Und das heißt?"

„Er kann auch ganz schön nerven, wenn er…"

„Wenn er?" Petra sah Olaf gespannt an.

„Wenn er wieder eine seiner vielen Eroberungen klar macht! Aber das muß ich dir ja nicht erzählen, oder?"

„Mir? Wieso?" Petra sah ihn fragend an.

„Na, nach der Nacht!" Olaf verdrehte die Augen.

„Nach welcher Nacht?"

„Nach DER Nacht," wiederholte Olaf.

„Irgendwie kann ich dir nicht folgen", sagte sie.

„Dann werde ich deiner Erinnerung mal ein bißchen auf die Sprünge helfen…" Olaf erzählte ihr von der Nacht, die Tilo mit ihr und Karin und Conny verbracht hatte.

„Nein, dieser Widerling!" Petra war aufgesprungen und stand nun vor Olaf, ihre Hände vor der Brust gekreuzt. „Das hat er wirklich erzählt?" Olaf nickte. „Und du, hast du ihm geglaubt?"

„Natürlich, jedes einzelne Wort, ich kenne ihn doch!" Olaf grinste.

„Du machst dich lustig über mich – das glaubst du doch nicht wirklich, dieses widerliche Gerede?"

„Hmm, widerlich finde ich zumindest das nicht, worüber er…" sagte er, stand auf und ließ die Finger seiner rechten Hand langsam Petras Bein nach oben wandern.

„Wenn du es natürlich so siehst", sagte sie und zog seinen Kopf an ihren heran.

„Ich habe mich geirrt: es ist echt widerlich!" sagte er.

„Ja", wiederholte sie und löste ihre von seinen Lippen, „aber er bleibt trotzdem ein Widerling!"

„Und was machen wir dann mit diesem Widerling?"

„Er ist dein Freund!"

„Schon, aber er ist unser Problem und: Ich weiß es nicht. Er wird denken, daß alles wie immer läuft zwischen uns hier oben."

„Wie läuft es denn immer?"

„Komm, setz´ dich wieder!" Olaf kehrte auf seinen Platz zurück und bedeutete Petra, auf seinem Schoß Platz zu nehmen.

„Bist du sicher, daß du das ertragen kannst?" Sie deutete auf ihren Körper.

„Ganz sicher, ich habe ein Jahr lang hart trainiert!" Er bewegte seine Unterarme hoch und runter: „Siehst du!" sagte er und zog sie nach unten.

„Also, wie läuft es, wenn es wie immer läuft?"

„Du gibst auch nie auf, oder?"

„Nie!" sagte sie und küßte ihn auf die Stirn.

„Na gut. Ja, wir gehen also am Strand lang oder sitzen am Strand oder gehen abends durch den Kurpark, wenn da eine Veranstaltung ist und – Tilo sucht Torten."

„Was sucht er: Torten?"

„Torten – Mädchen."

„Torten. Wieso Torten?"

„Keine Ahnung, er nennt sie so."

„Na ja", Petra zuckte mit den Schultern, „gibt schlimmere Worte dafür. Und was macht er dann mit diesen Torten?"

„Na, was er mit ihnen machen will, ist zumindest klar: backen!" Er lachte wieder.

„Dann laß ihn das doch einfach tun – er ist beschäftigt und du bist ihn los!"

„So einfach ist das eben nicht. Ich soll da immer mit und er meint immer, mir was Gutes zu tun, wenn er auch eine für mich aufreißt."

„Und?"

„Ich will nicht, daß er eine für mich aufreißt!" Olaf sah Petra an: „Warum sollte ich das wollen?" Er küßte sie auf die Nase.

„Dann laß ihn doch alleine gehen."

„Er ist mein Freund und das Problem ist, daß ich mich da so ein bißchen verantwortlich fühle irgendwie."

„Also, dann laß ihn doch eine aufreißen und dann verabschiedest du dich einfach."

„Das muß ich sowieso."

„Verstehe ich jetzt nicht."

„Na, damit der Meister ungestört sein Werk verrichten kann."

„Der Meister?"

„Ja, der Meister. Er erzählt mir dann immer am nächsten Tag, wie alles abgelaufen ist. So wie bei dir, Conny und Karin eben."

„Und wie ist es wirklich?"

„Meistens ist er so abgefüllt und sie auch, daß er sich an nichts mehr erinnert, so wie in Schweden eben. Du hast ihn doch selbst erlebt."

„Ist das nicht nervig auf die Dauer?"

„Ja und nein. Es hat auch einen gewissen Unterhaltungswert und ich denke immer, daß er ja irgendwann vielleicht einmal an die Richtige gerät oder einsieht, was er für einen Müll macht. Aber diesmal ist es eben anders als sonst."

„Warum?"

„Warum? Na, weil du diesmal da bist."

„Was ändert das denn?"

„Was das ändert?" Er sah sie ungläubig an. „Alles, das ändert alles: Meinst du, ich will den ganzen Tag mit ihm rumziehen, damit er seinen Spaß hat?"

„Ja, das dachte ich!"

„Aber nicht, wenn ich mit dir zusammen sein kann!"

„Das ist lieb von dir!" sagte sie und küßte ihn wieder auf die Stirn.

„Nicht nur, das ist auch ziemlich egoistisch, wenn ich das mal so sagen darf!" sagte er und drückte seine Lippen auf ihre.

„Von mir aus kannst du immer egoistisch sein!" sagte Petra und setzte den Kuß fort. „Und was willst du ihm nun sagen?"

„Ist eigentlich egal, er wird es nicht verstehen!"

„Warum hast du ihm denn nichts von mir erzählt, ich denke, er ist dein bester Freund?"

„Ist er, ja, aber in der Beziehung, da ist er eben, eben Tilo! In Schweden wollte ich es ihm sagen – aber er, du erinnerst dich? Er hat es nicht mal gesehen, als es vor ihm lag – er hat dich für einen Jungen gehalten!"

„Ja, einen kleinen, dicken!"

„Genau, klein und…" Seine Hände glitten über ihre Seite hinunter.

„Überleg´ dir genau, was du jetzt sagst!"

„…ziemlich sehr süß!"

„Dein Glück!"

„Er braucht eine Petra! Ja, das ist es!" Olafs Gesichtsausdruck veränderte sich schlagartig. Seine Züge entspannten sich und er lächelte vor sich hin.

„Er braucht was?"

„Eine Petra! Verstehst du: Ich muß jemanden für ihn finden, mit dem er seine ganze Zeit verbringt, möglichst gleich am ersten Tag."

„Und dann?"

„Dann ist er beschäftigt und wir haben unsere Ruhe."

„Und, wenn sie nichts von ihm will?"

„Egal."

„Egal?"

„Ich hab´ dir gesagt, wie er ist. Hauptsache sie verabredet sich einmal mit ihm, alles andere wird sich schon finden – alles andere wird er er-finden!"

„Du meinst?" Petra strahlte.

„Ja, er wird mir alles brühwarm erzählen und wenig Zeit haben, damit ich nichts merke!"

„Genial!"

„Ja, fast."

„Wieso, wo ist das Problem?"

„Sie ist das Problem!"

„Ja…" Petra sah Olaf an und wußte, was er meinte: Woher sollten sie ein Mädchen bekommen, das dazu bereit war. Wären Conny oder Karin hier gewesen, dann wäre es ihnen ein Vergnügen gewesen, aber so. „Also doch wie immer!" sagte sie frustriert.

„Nein, auf keinen Fall. Mir fällt schon was ein, ich habe noch ein paar Tage zum Nachdenken."

„Brauchst du nicht", rief Petra plötzlich – ich hab´s!"

„Ehrlich?"

„Du hast gesagt, er braucht eine Petra."

„Und?"

„Dann geben wir ihm eine Petra!"

„Das sagst du so. Kennst du denn eine?"

„Na klar, du auch!"

„Ich auch?" Olaf strengte sich an, aber ihm fiel niemand ein.

„Trara!" Petra hatte sich von ihm gelöst und stand nun in Pose vor ihm.

„Nein, du meinst doch nicht…"

„Doch, natürlich, warum denn nicht!"

„Nein, das will ich nicht!"

„Olaf, bitte!"

„Nein, basta."

„Olaf…" Sie kehrte auf seinen Schoß zurück und schlang die Arme um seinen Hals, „bitte…"

„Petra, nein, und wenn… wenn er…"

„Wird er nicht. Und: Ich kann mich wehren!"

„Ja, aber…"

„Nix aber!"

„Er wird dich erkennen, er hat dich letztes Jahr gesehen!"

„Quatsch! Er hat mich für einen Jungen gehalten und wenn er überhaupt etwas behalten hat, dann nicht mein Gesicht, sondern bestimmte Dinge an mir, du hast es selber gesagt, daß er so ist!" Er konnte ihr nicht einmal widersprechen. Der Wiedererkennungswert eines Mädchens bei Tilo hatte nur sehr wenig mit ihrem Gesicht zu tun, das wußte er nur zu gut. Trotzdem versuchte er weiter, ihr diese Idee auszureden:

„Aber…", begann er. Sie verließ seinen Schoß wieder und hielt ihm ihre Hand hin: „Laß uns ein bißchen Gehen, ja!"

„Wenn du willst, aber…"

„Zum Wasser!"

„Von mir aus, aber…"

„Was aber?" Sie hatte sich bei ihm eingehängt und sah ihn mit ihren großen braunen Augen an.

„Aber, alles würde sich bei ihm immer nur um das Eine drehen und ich verspreche dir, er wird seine gedanklichen Finger – und nicht nur die – nicht von dir lassen!" Olaf zog sie fester an sich.

„Das erste kann ich nicht verhindern, aber zum Zweiten gehören immer noch zwei!"

„Mir ist nicht wohl bei dem Gedanken und du weißt, wer mit dem Feuer spielt…"

„…kommt darin um. Ja, ja."

„Du nimmst mich nicht ernst!"

„Doch, sehr ernst", sagte sie und blieb stehen. Ihre Lippen bearbeiteten sein Gesicht.

„Wenn du meinst, aber…" versuchte er es ein letztes Mal, dann verschloß ihr Mund den seinen.

„Überredet!" Olaf rang nach Luft.

„Warum nicht gleich!"

„Vielleicht lasse ich mich gerne von dir überreden", sagte Olaf und grinste sie an.

„Und ich überrede dich gerne! Wollen wir auf den Deich gehen?" sagte Petra.

„Von mir aus." Petra und Olaf folgten der Straße bis zum Deich und stiegen die kleinen Stufen empor.

„Laß uns hier sitzen und warten", sagte sie, als sie die Krone erreicht hatten.

„Warten, worauf?" Olaf sah sich um und Petra an.

„Schau." Sie deutete nach vorn in Richtung Meer auf die Sonne, die wie ein Feuerball am Horizont stand.

„Ja, laß uns warten." Olaf setzte sich neben Petra ins Gras. Er legte seinen Arm um sie und sie lehnte ihren Kopf an seine Schulter.

Siebzehntes Kapitel

Der Strand war voll. Überall lagen Menschen in und vor den Strandkörben, im Sand, auf Decken oder auf Handtüchern. Sie liefen auf dem Watt oder am Ufer entlang oder spielten Ball. Der Himmel war tiefblau und es wehte kein Lüftchen. Das gab es nicht so oft an der Nordsee und jeder nutzte diese Zeit, so gut es ging.

„Hi Alda, was geht?"
Olaf, der nichts Böses ahnend im Sand neben dem Strandkorb seiner Eltern lag, öffnete die Augen und sah den Urheber der Worte breitbeinig, die Hände in die Hüften gestemmt, vor sich stehen:
„Tilo? Du?" sagte er ungläubig. Es war noch nicht mal elf und: Es war Mittwoch.
„Ja, ich! Da staunst du, was?" sagte er und sog Luft in seine Brust, die wie auch sein restlicher Körper, noch immer dem eines Spargeltarzans glich.
Olaf betrachtete Tilos Badehose, aus der dessen extrem lange und dünne Beine herausragten. Er fragte sich, ob er ihm sagen sollte, daß Frauen und nicht Männer Tangas trugen und er fragte sich ernsthaft, ob es eine gute Idee war, das durchzuführen, was er und Petra vorhatten. Tilos Anblick war wahrlich keine Freude – nicht nur nicht für das Auge eines Mädchens. Zum Glück trug er wenigstens ein T-Shirt.
„Ja, da staune ich", sagte Olaf und richtete sich auf.
„Na, ganz einfach, Alda", er ließ sich neben Olaf im Sand nieder und ihre Hände fanden den Weg zueinander.
„Dann laß mal hören", sagte Olaf gespannt.
„Wir sind früher los, weil mein Vater noch weiter

muß."

„Beruflich?"

„Mehr oder weniger."

„Da wird sich Ilona aber freuen, daß du früher gekommen bist!"

„Ilona? Laß mich bloß mit deiner kleinen Schwester in Ruhe – wenn du einen Babysitter brauchst, such dir dafür einen anderen, Alda!"

„Schade, sie redet fast nur von dir und kann es kaum erwarten, dich zu sehen!"

„Alda…"

„Schon gut. Wo ist denn deine Mutter?" Olaf sah sich suchend um.

„Ach die, noch in der Wohnung. Die kommt später dann."

„Auch gut. Und sonst, ich meine, deine Eltern?" Olaf drückste etwas herum, weil er wußte, daß das Verhältnis der beiden seit dem Urlaub im letzten Jahr nicht das Beste war. Tilo hatte ihm erzählt, daß sein Vater sogar für eine Zeit das Haus hatte verlassen müssen.

„Nein, nein. Ist alles in Ordnung, besser, aber mein Vater hat noch was in Wilhelmshaven zu erledigen. Na, da hat er uns hier abgesetzt und er kommt dann, wenn es erledigt ist."

„Also keine Trennung?"

„Wo denkst du hin! Die doch nicht, nee, nie im Leben!" sagte Tilo und es klang nicht sehr überzeugend.

„Ja, da bist du also."

„Da bin ich! Und: Was geht, Alda?"

„Heißt es nicht, wer geht – und, ich bin nicht dein Alda, was immer das auch ist!"

„Schon klar, Alda!" Tilo schüttelte den Kopf: „Ich frage mich doch manchmal, wann und wo du lebst; kein

Wunder, daß du hier alleine im Sand liegst – einsam und verlassen!"

„Na, zumindest das ist ja jetzt vorbei, wo du da bist!"

„Du sagst es, Alda. Wo sind denn deine Leute?"

„Auf dem Watt."

„Ach so. Na, egal. Jetzt bin ich ja da und ich werde deiner Zeit hier wieder einen Sinn geben!"

„Genau darauf habe ich gewartet. Du ahnst gar nicht, wie sehr ich darauf gewartet habe!"

„Wie lange bist du schon hier? Zwei Wochen?"

„Eine erst."

„Auch gut. Und noch immer alleine. Alda, bei dem Angebot."

„Ich bin eben nicht mit deinen Fähigkeiten auf diesem Gebiet gesegnet."

„Du sagst es. Aber, jetzt bin ich ja da. Laß den Meister nur machen, Alda!" Tilo stand auf und streckte Olaf seine Hand entgegen: „Komm, auf, auf! Die Zeit des Müßiggangs ist vorbei!" Dann zog er Olaf hoch. „Dann laß uns mal los machen, Alda!"

„Klar, los machen, Alda!" wiederholte Olaf. „Alda" schien Tilos neues „Jau" zu sein.

„Das Wetter ist traumhaft – war das schon die ganze Zeit so?"

„Ja, eigentlich schon."

„Man, bei dem Wetter liegen sie doch überall!"

„Ist mir gar nicht so aufgefallen…"

„War mir klar. Du hast eben nicht das Auge dafür. Deshalb hast du ja mich!"

„Ich weiß gar nicht, womit ich das verdient habe!"

„Kein Problem, Alda. Ich besorg´ dir auch eine, wirst sehen", sagte Tilo und grinste vielsagend.

„So, wie in Schweden?"

„Genau so, genau so."

„Na, dann brauche ich mir ja keine Gedanken mehr

zu machen. Schade, daß du nicht früher kommen konntest!"

„Ja, schade. Aber, du wirst es nicht glauben, beinahe wäre ich schon vor einer Woche hier gewesen..."

„Nein?!" Olafs Herz blieb fast stehen.

„Wußte, du hättest dich gefreut, ging aber nicht, weil das blöde Ding – der Wagen – noch in die Werkstatt mußte, plötzlich!"

„Ach, wie schade!"

„Abgehakt. Jetzt bin ich ja da. Laß uns endlich los machen, ich muß dir da was zeigen!"

„Was willst du mir denn zeigen?" sagte Olaf und machte keinerlei Anstalten, ihm zu folgen.

„Eine Überraschung, du wirst echt staunen, Alda!"

„Ach weißt du, für Überraschungen bin ich im Moment nicht so aufgelegt."

„Kein Wunder, so wirst du auch die letzten deiner Tage hier einsam verbringen!"

„Ja, werde ich dann wohl", sagte Olaf und legte sich wieder der Länge nach auf sein Handtuch.

„Nein, Alda, wirst du nicht!"

„Werde ich nicht?" Olaf sah ihn fragend an.

„Nein, denn ich", er klopfte sich auf die Brust, „habe schon alles geregelt!"

„Du hast schon alles geregelt?" Olaf richtete seinen Oberkörper auf.

„Da staunst du!"

„Was hast du geregelt?"

„Na, das mit den Torten; alles klar für heute."

„Ich kann dem großen Meister nicht ganz folgen."

„Na, dann paß mal auf!" Tilo streckte seine Brust raus und machte ein wichtiges Gesicht. „Also, das war so: Ich bin natürlich gleich zum Strand, nachdem ich hier war, ich wußte ja, wo euer Korb immer steht und das Wetter, Alda, man o man – ich wußte gar nicht, wo ich zuerst hinschauen sollte – überall Torten!" Olaf konnte sich sehr gut vorstellen, wie Tilo mit offenem Mund und weit aufgerissenen Augen sabbernd an der Promenade lang gelaufen war.

„Ja, und?" Olaf bemühte sich, gelassen zu wirken.

„Na, dann habe ich sie gesehen."

„Wen?"

„Marina!"

„Marina?"

„Ja, super, echt. Tolle Figur und hier", er hielt seine Hände vor seine Brust – dafür, daß sie erst vierzehn ist!"

„Vierzehn?"

„Ja, vierzehn, aber das sieht man ihr nicht an. Und außerdem, du mußt dich losmachen von diesen Vorurteilen. Wichtig ist erstmal der Kontakt. Da spielt das Alter doch keine Rolle."

„Der Kontakt?"

„Genau, Alda, der Kontakt."

„Und du hattest ihn, den Kontakt?"

„Alda, natürlich!"

„Und?"

„Na, sie lag da auf ihrem Handtuch im Sand – Bikini, fast schon Tanga, du verstehst?"

„Ja, wie bei dir!" sagte Olaf und schüttelte sich bei der Vorstellung.

„Bei mir?"

„Ja, wie das bei dir immer so geht, meinte ich."

„Und wie das geht, Alda und wie. Ich bin dann also hin, einmal um sie rum, und nochmal. Sie hat dann hoch geschaut. Ob sie deutsch spricht, habe ich gefragt."

„Warum das denn?"

„Na, Schweden, Alda – du weißt, die Engländerinnen!"

„Klar, die - hatte ich vergessen." Immerhin, Tilo hatte etwas gelernt, stellte Olaf fest. „Und: spricht sie?"

„Und wie, die ist sogar von hier! Ich habe ihr dann gesagt, daß ich vorhin mit ein paar anderen Fußball gespielt habe und den Ball vergessen…"

„…den Ball vergessen…" wiederholte Olaf, der sich lebhaft vorstellen konnte, an welche Art von Ball Tilo gedacht hatte.

„Ja, und ob sie den vielleicht irgendwo gesehen hätte…"

„Und?"

„Nichts und, das war´s. Wir haben uns ein bißchen unterhalten und dann habe ich sie gefragt, was man hier abends so macht. Und da meinte sie, das kann sie mir ja mal zeigen…"

„Das ist ja phantastisch!" sagte Olaf. Auf einmal sah er die Sache in einem ganz anderen Licht: Wenn Tilo mit dieser Marina verabredet war, dann könnte er ungestört mit Petra seine Zeit verbringen und sie konnten auch ihren ursprünglichen Plan in Bezug auf ihn vergessen. „Und, was zeigt sie dir?" wollte Olaf wissen.

„Uns, Alda, uns!"

„Uns, was meinst du mit uns?"

„Na, wir, Alda, wir sind uns!" Er klopfte Olaf auf die Schulter. „Und die andere, die Maren, das ist ihre Freundin. Die gehen in eine Klasse, irre nicht!" Tilo zitterte vor Erregung.

„Welche andere?"

„Na, die Maren, die ist deine!"

„Andere? Meine?"

„Alda, die Sonne scheint dir nicht zu bekommen! Wovon rede ich denn die ganze Zeit?"

„Von Torten, glaube ich."

„Na also. Und die zwei Tortenstücke habe ich klar

gemacht für uns! Wir sind mit denen verabredet!"

„Wir? Du!"

„Nein, nein, eine für dich, eine für mich, Alda. Ich teile natürlich mit dir, Ehrensache."

„Ehrensache…" Olaf sah Tilo an. Er bewunderte ihn ein wenig, denn auf seine Weise war er ein Genie. Er gab sich immer wieder der Lächerlichkeit preis, nur um zu seinem Ziel zu gelangen. Meist endeten seine Versuche in einer mittleren Katastrophe, aber auch das schien ihn nicht zu kümmern. Er startete sofort den nächsten Versuch. Olaf selbst war dazu viel zu schüchtern und auch zu befangen und er hatte auch zu sehr Angst davor, sich lächerlich zu machen. Tilo schienen diese Ängste völlig zu fehlen. Zuweilen gelang es ihm ja sogar wirklich, das eine oder andere Mädchen abzuschleppen und mit ihr einen Abend zu verbringen. Leider war er dann nicht zu halten und hielt seine Grenzen nicht ein. Nun gut. Tilo hatte sein erstes Opfer gefunden, aber was sollte er jetzt tun? Er konnte unmöglich mit Tilo zu dieser Verabredung mit den beiden gehen. Er war mit Petra und Ilona verabredet.

„So schlecht sieht die Maren gar nicht aus – na, ein bißchen zu dünn für meinen Geschmack, aber sonst, nicht übel."

„Die sind vierzehn, Tilo, vierzehn! Ich wußte gar nicht, daß du pädophil veranlagt bist!"

„Nun übertreib aber nicht gleich; vierzehn ist gut, du wirst sehen. Und vielleicht haben die ja noch eine ältere Schwester!" Er klopfte Olaf auf die Schulter.

„Ich verstehe, aber danke, ohne mich!"

„Olaf, das kannst du mir nicht antun – ich bin dein Freund!"

„Ja, deswegen darfst du sie ja auch beide haben!"

„Olaf, bitte, schau sie dir doch erstmal an!"

„Anschauen?"

„Ja, das ist die Überraschung: Sie warten da hinten, ein Stück den Strand runter! Ich habe ihnen gesagt, daß ich mit dir zurück komme!"

„Hast du…"

„Klar, habe ich. Jetzt sei kein Spielverderber und komm!"

„Das geht nicht, Tilo, wirklich. Ich, ich muß auf meine Eltern warten."

„Na, dann warten wir zusammen und gehen dann. Die beiden sind noch ein bißchen da."

„Das kann noch dauern und dann muß ich mit ihnen, ich muß, ja, einkaufen, mit meinem Vater, genau!"

„Seit wann gehst du mit deinem Vater einkaufen? Olaf, die Maren ist echt nett. Ich habe ihr erzählt, daß du sehr schüchtern bist und außerdem gerade eine Enttäuschung hinter dir hast und eigentlich – na jedenfalls will sie dich unbedingt kennen lernen!"

„Aber ich nicht sie…"

„Alda, bitte."

„Ich habe keine Lust den ganzen Abend da mit…"

„Okay, dann wenigstens, bis ich mit Marina klar bin, ja? Für mich, Olaf!" Er sah ihn flehend an.

„Tilo!"

„Nur eine Stunde. Du hast was gut, bitteeee!"

„Also gut. Gut, ich mache es, wenn du mich jetzt in Ruhe läßt…"

„Ich wußte, daß ich mich auf dich verlassen kann, Alda!" Tilo drückte ihm einen Kuß auf die Wange. „Und, du willst sie wirklich nicht kennen lernen?"

„Nein, wirklich nicht!" Olaf wischte sich mit der Hand über die Wange.

„Bitte, dann nicht. Ich laß mir was einfallen – Hauptsache, du kommst heute Abend!"

„Aber denk dran: eine Stunde. Nur, bis du klar bist, keine Minute länger!"

„Versprochen, Alda! Wird schon gut gehen. Ich muß dann mal, also um halb sieben am Strandhaus!" sagte Tilo und stand auf.

„Um halb sieben am Strandhaus", sagte Olaf und sah ihm nach.

Es war noch früh und bis halb sieben eine kleine Ewigkeit. Er wußte nicht genau, wann Petra kam, sie war noch mit ihren Eltern unterwegs und wollte anschließend hier vorbei kommen. Glücklicherweise war sie noch nicht da. Ein Zusammentreffen von ihr und Tilo wäre nicht sehr passend gewesen unter diesen Umständen.

Er hatte noch Zeit, nachzudenken. Was sollte er tun? Petra alles sagen, so wie es war oder nicht? Irgendetwas mußte er ihr sagen, denn er konnte nicht wie geplant mit ihr und Ilona zum Brunnenhof gehen. Er wußte nicht, wie er aus dieser Situation ungeschoren wieder herauskommen sollte. Wenn er Tilo versetzte, käme der vielleicht auf den Gedanken, auf die Brunnenhof-Party zu gehen und da würde er ihn dann auf jeden Fall treffen – und dann? Tilo würde ihn zur Rede stellen. Und, wenn das mit dieser Marina nicht klappte, hätte er ihn die anderen Tage an der Backe und Petra müßte doch versuchen, ihren Plan umzusetzen. Die andere Möglichkeit war, daß er gute Mine zum bösen Spiel machte und eben eine Zeit lang mitspielte, bis er sich unbemerkt absetzen konnte. Das warf allerdings das Problem auf, daß er keine Ahnung hatte, wie er das Petra erklären sollte. So oder so, er hatte die Arschkarte.

Achtzehntes Kapitel

Tilo bewegte sich durch die Besucher des Brunnenhoffestes im Kurpark. Sein Blick wanderte unruhig von einer Ecke in die andere.

„Wo sind sie nur?"

„Wir werden sie schon finden, mach dir da mal keine Sorgen", beruhigte Olaf seinen Freund, obwohl er auch nichts dagegen gehabt hätte, wenn sie unverrichteter Dinge wieder abgezogen wären. Es war kurz vor sieben. Um acht waren er und Petra verabredet. Draußen am Eingang. Sie wollte mit Ilona zusammen herkommen.

Er hatte beschlossen, ihr die Wahrheit zu sagen, zumindest über den Teil, den er für wichtig hielt: Tilo war überraschend gekommen und hatte ein Date für den Abend und er wollte nicht alleine da hin und so hatte Olaf sich überreden lassen, ihn zu begleiten. Nach einer Stunde wollte er sich dann abseilen und zum Brunnenhof. Olaf war sichtlich erleichtert über seine Lösung des Problems gewesen…

So fühlte er sich phantastisch, als er gegen halb sieben am Strandhaus auftauchte und nach Tilo und seinen Torten Ausschau hielt.

„Da bist du ja, Alda!" Tilo tauchte aus einer dunklen Ecke des Strandhauses auf.

„Man, willst du, daß ich tot umfalle!"

„Seit wann bist du denn so schreckhaft! Na, Hauptsache, daß du da bist, komm!"

„Wohin? Wo sind denn die…"

„Die Torten? Ja, die sind schon da, Alda!"

„Da? Wo da? Ich sehe niemanden!" Olaf blickte sich

um.

„Na, auf der Party!"

„Welcher Party?"

„Wärst du vorhin mitgekommen, wüßtest du es."

„Nun erzähl schon!" Olaf schaute auf seine Uhr; jede Minute war kostbar.

„Na, wie wir da so in der Sonne – ich und die beiden Torten – jedenfalls meinte Marina dann, da wäre heute so eine Party im Kurpark…"

„Die Brunnenhof-Party? Du meinst doch nicht etwa die Brunnenhof-Party?" Olaf fühlte, wie sein Blut sich langsam aus seinem Gesicht zurückzog.

„Alda, du überraschst mich – ja, genau die."

„Und?"

„Na, die wollten da hin mit uns. Ich hab dich ja nicht mehr erreicht und da haben wir vereinbart, daß die schon hingehen und wir uns dann da treffen!"

„Da treffen…"

„Ja, da. Ist doch irre, oder?"

„Ganz irre. Und jetzt?"

„Alda! Jetzt gehen wir da hin. Was sonst!"

„Ich kann da nicht hin, auf keinen Fall."

„Was soll das denn jetzt? Klar kannst du."

„Ehrlich, ich…"

„Man, Olaf, du hast es versprochen, du erinnerst dich?"

„Ja, aber…"

„Kein aber, ich brauche dich und die Maren, die ist wirklich ganz nett. Wenn du nicht wärst, dann – aber du weißt, du bist mein Freund und deshalb: los jetzt, die warten bestimmt schon; die ist ganz scharf auf dich, ehrlich!"

„Na gut, aber nur…"

„…eine Stunde, ich weiß. Laß mal, wenn du erstmal da bist!" Tilo lachte und schlug Olaf aufmunternd auf die

Schulter, der wie ein Häufchen Elend vor ihm stand…

„Da! Alda, da sind sie!" Tilos Hand krallte sich in Olafs Arm. „Da sind sie, da hinten! Siehst du, da, die beiden da. Sie sind da, was habe ich dir gesagt!" Sein Atem ging Stoßweise. Marina und Maren standen mit ein paar anderen in einer Ecke des Brunnenhofes.

„Ja, toll und laß bitte meinen Arm los!" Olaf teilte Tilos Begeisterung in keinster Weise. Er fragte sich immer mehr, ob es wirklich eine gute Idee von ihm gewesen war, daß er am Ende Tilos Betteln, nachgegeben hatte. Er fühlte sich schuldig Petra gegenüber, daß er hier mit ihm stand und gerade im Begriff war, ein anderes Mädchen zu treffen, anstatt bei ihr zu sein. Er fragte sich, warum er mitgegangen war. Nur, weil Olaf sein Freund war oder hatte da noch etwas Anderes eine Rolle gespielt: Er mußte sich eingestehen, daß er auch ein wenig neugierig war auf diese Maren, von der Tilo ihm so viel vorgeschwärmt hatte. Diese Neugier verunsicherte ihn. Er konnte sie sich nicht erklären: Er hatte doch Petra. Dieser Widerspruch gab ihm zu denken und er konnte ihn nicht auflösen. Bis zuletzt hatte er deshalb gehofft, daß sie nicht da wären oder sie sie einfach nicht fänden und sich die Sache so von alleine erledigte.

Am Anfang hatte es auch ganz danach ausgesehen: Als Tilo und er den Kurpark erreicht hatten, war nichts von Marina und Maren zu sehen. Der Kurpark wurde im Sommer oft für Musik- und Tanzveranstaltungen genutzt. Eine dieser Veranstaltungen war die Brunnenhof-Party. Der Brunnenhof war ein Teil des Döser Kurparks. Er hieß Brunnenhof, weil er wie ein Hof angelegt war und sich in seinem Innern mehrere kleine Brunnen befanden. Die Brunnen waren erhöht und um sie herum waren kleine Beete mit Blumen angelegt, die von Mauern eingefaßt waren. Diese Mauern hatten eine gute Höhe, um auf ihnen sitzen zu können. Von dieser Möglichkeit wurde reichlich Gebrauch gemacht, denn es war ziemlich voll und die Bänke alle besetzt. Vor allem die zahlreichen Kurgäste drängten sich um diese Zeit hier. Es war noch hell und die meisten Leute standen entweder in der Nähe der Bühne, auf der in unregelmäßigen Abständen eine Band den Discjockey ablöste oder schlenderten von hier nach da und von da nach hier. Olaf und Tilo schlenderten nicht. Tilo hüpfte wie ein aufgescheuchtes Reh durch das Gelände und hielt Ausschau nach seiner Marina. Olaf hatte alle Hände voll damit zu tun, ihn in dem Gedränge nicht aus den Augen zu verlieren…

„Komm, Alda, komm!" Tilo zog Olaf durch die Menschen hin zu Marina und Maren. Da waren sie nun.

„Hallo, ihr Süßen, da sind wir!" Tilo war sofort auf die beiden zugestürzt und hatte jede mit einem Küßchen links und einem rechts begrüßt.

„Schön, daß ihr endlich da seid!" sagte Marina.

„Ja, wir dachten schon, daß ihr uns versetzt!" sagte Maren und warf Olaf einen ersten Blick zu.

„Wie kommt ihr denn da drauf? So eine Gelegenheit…" Tilo spürte den leichten Knuff von Olaf in seiner Seite, „…Gelegenheit, mal hier tanzen und so, nicht?" Er schaute Olaf hilfesuchend an.

„Ja, ist mal was Anderes, das hier."

„Und das ist dein Freund?" sagte Maren.

„Ja, das ist Olaf!" sagte Tilo.

„Hallo, ich bin Maren, ich hab schon viel von dir gehört!" sagte sie und gab ihm einen kleinen Kuß auf die Wange.

„Hoffentlich nur Gutes." Olaf betrachtete das Mädchen, das vor ihm stand: Sie hatte in ungefähr

Petras Größe, aber sie war dünner. Eher etwas zu dünn, wie Tilo es gesagt hatte. Ihre langen, blonden Haare waren dauergewellt und umspielten ihr Gesicht. Sie trug einen knapp knielangen, bunt gemusterten Rock und dazu eine passende Bluse, die tief ausgeschnitten war. Olaf fand, daß Tilo nicht übertrieben hatte, von ihr ging eine gewisse Anziehungskraft aus. Ihre blauen Augen musterten ihn. Olaf fühlte sich auf eine merkwürdige Art nervös.

„Bei euch ist bestimmt mehr los als hier, oder?" sagte Maren.

„Ja,…" begann Olaf.

„Ihr kommt woher noch gleich?" Marina schaute von Tilo zu Olaf.

„Aus der geilsten Stadt der Welt!" sagte Tilo.

„Und welche bitte soll das sein?" hörte man eine Stimme aus der Gruppe, aus der sich Maren und Marina gelöst hatten, um Olaf und Tilo zu begrüßen.

„Und wer will das wissen?"

„Tilo!" Olaf gab ihm einen weiteren Knuff in die Seite: „Bochum, wir kommen aus Bochum."

„Bochum? Wo soll das denn sein?" sagte eine andere Stimme aus der Gruppe.

„Ihr kennt Bochum nicht?" Tilo schüttelte den Kopf: „Man, das ist im Ruhrpott!"

„Ach, Schalke – Ole, die meinen Schalke!"

„Nein, Dortmund, Helmar, das ist Dortmund. Oder?" sagte eine dritte Stimme.

„Die Borussia ist cool!" rief Ole, der ein Stück weiter hinten als die anderen stand.

„Aber wenn die doch aus Schalke sind?"

„Nee, Dortmund, sicher. Dortmund ist cool!"

„Ja cool, Dortmund ist cool. Ist aber Bochum!" sagte Tilo, der allmählich sauer wurde.

„Ist doch egal, ist doch alles dasselbe!" Helmar legte

seinen Arm um Tilo: „Ich bin Helmar!"

„Ist nicht egal!" sagte Tilo und entzog sich Helmars Arm.

„Ihr seid aber empfindlich da in Dortmund!" sagte Helmar.

„Wir sind…"

„Mensch, Tilo, laß gut sein. Spielt doch keine Rolle jetzt", sagte Olaf. „Ich bin Olaf", sagte er und winkte einmal in die Runde, „und dieser Miesepeter hier", er legte seinen Arm um Tilos Schulter, „ist Tilo – für die, die es noch nicht mitbekommen haben!"

„Also, Tilo, nichts für ungut. Ich bin Helmar!"

„Schon in Ordnung", sagte Tilo und rang sich ein Grinsen ab.

„Der da hinten das ist Jens und die Puppe da neben ihm, das ist Ina", sagte Helmar, „und dann haben wir da hinten noch unseren Ole."

„Und was trinkt man hier so, Brunnenwasser?" Tilo war Tilo. Und Tilo war jetzt in seinem Element. Eigentlich brauchte er Olaf nicht mehr. Sein Verschwinden würde er wahrscheinlich nicht einmal bemerken. Aber Maren hatte ihn gesehen und er sie. Es war ihm nicht entgangen, daß sie ihn fast die ganze Zeit nicht aus den Augen gelassen hatte und auch er hatte sich dabei ertappt, daß er sie intensiver betrachtet hatte, als er ursprünglich vorgehabt hatte.

„Brunnenwasser?" sagte Helmar, „willst du mich auf den Arm nehmen!"

Tilo schaute Helmar von oben bis unten an. Er war in etwa so groß wie Tilo selbst, aber mehr als doppelt so breit: „Ach nee, laß mal, heute nicht. Zeig mir lieber die Quelle."

„Das ist mal ein Wort. Dann komm man mit. Für euch auch?" rief er in die Runde.

„Nein, mir ne Cola!" sagte Maren.

„Mir auch!"

„Gut, Cola für Maren und Marina und der Rest Bier. Ole, kommst du auch, tragen helfen!"

„Klaro!" Ole folgte Helmar und Tilo.

„Soll ich auch?" rief Olaf.

„Nee, laß man, das schaffen wir schon!" sagte Helmar und verschwand mit den anderen im Gewimmel.

„Ja, ganz nett hier." Olaf stand neben Maren und fühlte sich nicht sehr wohl in seiner Haut. Er fühlte sich so, wie er sich immer in der Gegenwart von Mädchen fühlte: Unsicher. Nur bei Petra war das anders.

„Und, wie ist Bochum so?" fragte Maren.

„Größer als Cuxhaven, aber sonst auch nicht viel anders."

„Bist du das erste Mal hier?"

„Du meinst, in Cuxhaven?"

„Ja, in Cuxhaven."

„Ja, das erste Mal, ja." Olaf hatte beschlossen, nicht zu erzählen, daß er große Teile seines bisherigen Lebens in dieser Stadt verbracht hatte und sie wahrscheinlich besser kannte, als seine Heimatstadt.

„Und gefällt es dir hier?"

„Ja, jetzt schon." Olaf wußte nicht, warum er das gesagt hatte. Die Worte waren aus seinem Mund, bevor er es verhindern konnte.

„Soso", hauchte Maren, „und bist du alleine hier?" Sie hatte sich Olaf bis auf wenige Zentimeter genähert und spielte mit ihrer rechten Hand an den Knöpfen seines Hemdes. Er konnte von oben in den Ausschnitt ihrer Bluse schauen. Olaf wurde heiß.

„Nein, mit meinen Eltern."

„Mit deinen Eltern. Nur mit deinen Eltern?" Maren hatte ihre Hand inzwischen von den Knöpfen bis zu seinem Hals wandern lassen.

„Und mit meiner kleinen Schwester. Die ist auch dabei."

„Ich habe keine Geschwister. Ich war dieses Jahr mit meinen Eltern auf Gran Canaria. Warst du schon mal auf Gran Canaria?" Ihre Hand hatte seinen Nacken erreicht.

„Nein, noch nicht. Wie, ist es denn da?"

„Solltest du mal hin. Wirklich toll da! Nur Sonne und das Wasser ist sowas von warm. Ich hab mir da am ersten Tag gleich einen fürchterlichen Sonnenbrand geholt, fast am ganzen Körper. Zum Glück kann man davon jetzt nichts mehr sehen. Ich kann dir ja mal die Fotos und so zeigen bei Gelegenheit, wenn du willst."

„Die Fotos, ja…"

„So, da sind wir wieder!"

„Na endlich!" sagte Olaf erleichtert. Er griff sich ein Bier und die Cola für Maren: „Hier, deine Cola!"

„Danke!" Sie nahm ihm den Becher ab und dabei strich sie mit ihrer Hand über seine.

„Dann auf, ja worauf?" sagte er.

„Darauf, daß du deinen Urlaub hier in sehr guter Erinnerung behalten wirst!" Sie lächelte ihn an.

„Ja, darauf." Ihre Blicke trafen sich. Die Becher berührten sich und er fragte sich, ob sie einen Kuß von ihm erwartete.

„Auf Bochum und Cuxhaven!" hörte er Tilo in diesem Moment schreien.

„Bochum und Cuxhaven!" rief er erleichtert.

„Ja, Bochum und Cuxhaven, Prost!" rief Helmar.

„Bochum und Cuxhaven!" riefen die anderen und hoben auch ihre Becher.

Die Gruppe war in Kleingruppen zerfallen. Jens und Ina hatten sich in Richtung Kurpark zurück gezogen; Helmar und Ole hatten ein paar andere Leute aus ihrer

Schule entdeckt und Tilo und Marina saßen auf einer Beetumrandung und waren die meiste Zeit dabei, ihre Speichelflüssigkeiten von einem zum anderen wandern zu lassen. Olaf saß mit Maren ein Stück weiter auf derselben Umrandung und fragte sie alles über ihren Urlaub auf Gran Canaria. Er bemühte sich, das Gespräch bei diesem unverfänglichen Thema zu halten. Da Maren begeistert war, daß er sich so dafür interessierte, erzählte und erzählte sie. Olaf stellte nach einiger Zeit fest, daß er mehr ihrer Stimme, als dem Inhalt dessen lauschte, was sie sagte. Es war eine Stimme, die er als sehr angenehm empfand und die Worte selbst gingen durch ihn hindurch wie durch ein Sieb. Er dachte an Petra und er dachte an Manuela. Er fragte sich, was er hier tat: Er saß neben einem netten, durchaus attraktiven Mädchen, dem auch er zu gefallen schien und die wohl nichts gegen ein wenig mehr Nähe einzuwenden hatte. Aber eigentlich hätte an ihrer Stelle hier Petra sitzen müssen und niemand sonst. Ihm wurde immer heißer. Zum einen durch die Gegenwart von Maren zum andern dadurch, daß ihm die Zeit allmählich davon lief. Er hatte keine Ahnung, wie spät es war, aber Petra und Ilona warteten vielleicht schon am Eingang auf ihn. Er überlegte, ob er sich entschuldigen und einfach gehen sollte.

„…und das war vielleicht ein Ding. Bist du schon mal geschnorchelt? Olaf?"

„Äh, ja?"

„Bist du schon mal geschnorchelt?"

„Geschnorchelt?" er sah sie völlig entgeistert an.

„Ja, geschnorchelt – was ist mit dir? Ist dir nicht gut?"

„Doch, doch, alles in Ordnung. Nur, ich glaube, ich muß dir was sagen…"

„Was denn, was Schlimmes?"

„Nein, nichts Schlimmes. Nicht hier. Wollen wir…" Er

wackelte mit seinem leeren Becher.

„Ja, laß uns gehen."

„Hey, wo wollt ihr denn hin?" rief Tilo, der scheinbar gerade eine Pause zur Auffüllung seines Speichelvorrats eingelegt hatte. Olaf hielt seinen Becher hoch. „Bringt uns was mit!" Tilo wedelte mit seinem in der Luft.

„Ja, machen wir!" sagte Olaf und entfernte sich mit Maren.

„Nein!" rief Tilo auf einmal, „ist das nicht? Doch, das ist sie: Ilona! Hey, Ilona! Iloonaaa!" schrie Tilo. Er stand jetzt auf der Mauerkante und bewegte seine Arme hoch und runter.

„Was macht er da?" wollte Maren wissen, die Tilos Verhalten recht merkwürdig fand. Sie waren schon zu weit entfernt, als daß sie verstehen konnten, was er da rief.

„Beachte ihn gar nicht, der hat das öfter. Laß uns einfach die Getränke holen", er zeigte auf Tilo, „er ist manchmal etwas peinlich."

„Das schon, aber er ist auch lustig!" Sie hatten den Getränkewagen erreicht und reihten sich in die Schlange ein.

„Wieder Cola?"

„Nein, diesmal was Richtiges!"

„Darfst du das denn schon?" feixte Olaf.

„Na hör mal – für wie alt hältst du mich denn?" Sie stemmte die Arme in die Hüften und streckte die Brust heraus. Olaf musterte sie von oben bis unten:

„Zwölf", sagte er trocken.

„Zwölf?" Sie stampfte mit dem rechten Fuß auf den Boden.

„Nein, nicht zwölf. Eher doch elf."

„Na warte!" Sie bewegte ihre zu Fäusten geballten Hände in Richtung von Olafs Brust. Er ergriff sie und dabei fiel sie in seine Richtung. Sie kamen sich so nah, wie sie es bisher noch nicht getan hatten. Olaf spürte ihren Atem.

„Ich störe ja nur ungerne, aber da sind noch ein paar andere durstige Leute!" Olaf und Maren schauten nach oben: Sie standen vor dem Ausschank und ein mittelaltes, freundliches Gesicht lächelte ihnen entgegen: „Was darf's denn sein?"

„Ja, äh, zwei Bier, zwei Bier bitte!"

„Na also, geht doch!" Das Gesicht verschwand, kehrte mit zwei Bier zurück, Olaf zahlte und die beiden entfernten sich mit ihren Bechern. „Viel Spaß noch!" rief ihnen der Mann aus dem Getränkewagen hinterher.

„Danke, werden wir haben!" Wieder biß er sich auf die Zunge. Er hatte das Gefühl gehabt, irgendetwas sagen zu müssen.

„So, werden wir?" Maren sah Olaf an, „aber, ich bin doch erst elf!"

„Dann laß uns da rüber, da sieht uns keiner – ich meine, mit dem Bier!" Olaf zeigte auf eine Stelle im Kurpark, die etwas abseits lag.

Olaf und Maren gingen quer über die große Wiese im Kurpark, die am Tag keiner betrat, bis sie das große Wasserbecken erreicht hatten. Um diese Zeit war hier niemand außer ein paar Pärchen, die an verschiedenen Stellen an der steinernen Umrandung des Beckens lehnten oder auf ihr saßen.

„Wollen wir?" fragte er Maren und zeigte auf die Mauer."

„Gerne. Aber eine Frage mußt du mir vorher noch beantworten!"

„Welche denn?"

„Was machst du nun hier mit einer Elfjährigen, außer Bier trinken?"

„Elf. Wieso elf?" sagte er stirnrunzelnd.

„Das hast du gesagt eben, erinnerst du dich nicht?"

„Doch, klar."

„Wieso hast du das gesagt?"

„Na, weil…" Olaf sah sie an: „Prost!" sagte er und hob seinen Becher.

„Prost – Brüderschaft?"

„Na gut: Brüderschaft!" sagte Olaf. Maren drückte Olaf einen vorsichtigen Kuß auf den Mund. „Na, vielleicht doch eher zwölf…", sagte er. Sie küßte ihn erneut und dabei spürte er den Druck ihrer Brüste. „…oder dreizehn!" Er öffnete seinen Mund.

„Soll ich dir zeigen, daß ich mindestens fünfzehn bin?" Sie spielte mit den Fingern ihrer Hand an ihrer Bluse. Durch Olafs Körper ging ein leichtes Zittern. Er atmete tief durch:

„Ich habe eine Freundin!" stieß er hervor. Es war raus. Er hatte es gesagt. Er war erleichtert. Die Situation hatte begonnen, ihm endgültig zu entgleiten. Sie war zu jung für ihn, sagte er sich und sie war eigentlich auch nicht sein Typ, abgesehen von den blonden Haaren. Sie war viel zu dünn für sein Gefühl. Das hatte ihn eben aber alles nicht mehr gestört.

„Eine Freundin?" Maren sah ihn erstaunt an.

„Ja, eine Freundin!" wiederholte Olaf.

„Aber dein Freund hat doch gesagt, daß du dich gerade getrennt hast, oder?"

„Ach der, der erzählt viel, das hast du ja vorhin gemerkt!"

„Also, hast du eine oder nicht?"

„Habe ich."

„Auch gut. Und?" sagte Maren kurz.

„Wie und?" Olaf verstand nicht.

„Und was ändert das?"

„Was?"

„Daß du eine Freundin hast!"

„Na, eben, daß…"

„…du hier nicht mit mir stehen solltest?"

„Ja, jedenfalls nicht so…"

„Warum denn nicht! Ich habe auch einen Freund!"

„Du hast einen Freund?" Olaf war total überrascht.

„Natürlich."

„Natürlich. Was sonst."

„Oder hast du mir das nicht zugetraut?"

„Doch, aber…"

„Aber?"

„Was sagt der denn dazu, hierzu!"

„Nichts. Der ist nicht da, oder siehst du ihn hier irgendwo?" Sie schaute demonstrativ nach links und rechts.

„Nein, aber ich kenne ihn ja auch nicht."

„Das ist auch besser, daß du ihn nicht kennst – und so sollte es auch bleiben."

„Aber, wenn er hier plötzlich auftaucht, was dann?"

„Der taucht hier nicht auf. Der ist verreist."

„Aber er kommt wieder. Was ist, wenn er wieder kommt?"

„Dann ist er wieder da – und du bist weg!"

„Ich bin weg. So einfach ist das." Olafs Gedanken kreisten in seinem Kopf.

„Ja, so einfach ist das!"

„So einfach!" wiederholte Olaf wie benommen. Er versuchte zu verstehen, was er eben gehört hatte. „Und es macht dir gar nichts aus?"

„Nein, was sollte es mir ausmachen?"

„Und ihm?"

„Er weiß es nicht."

„Und wenn er es wüßte?"

„Keine Ahnung, aber er weiß es nicht. Außerdem weiß ich auch nicht, was er im Urlaub macht, oder?"

„Nein, weißt du nicht."

„Siehst du! Und deine Freundin, weißt du, was sie macht?"

„Ich glaube…", Olaf schluckte, „nein, weiß ich nicht, nicht genau."

„Siehst du, du weißt es nicht und ich weiß es nicht. Also?"

„Ich…"

„Findest du mich denn nicht nett?"

„Doch, schon…"

„Gefalle ich dir nicht?" Sie drehte sich einmal um sich selbst, wobei ihr knielanger Rock nach oben flog und die Sicht auf ihre Beine frei gab.

„Doch, du gefällst mir."

„Was ist es dann? Bin ich zu jung?" Ohne eine Antwort abzuwarten, sagte sie: „Ich bin vierzehn, das ist alt genug!" Olaf nippte an seinem Bier. „Was stört dich, raus damit!"

„Eigentlich – nichts!" Er stellte den Becher auf die Steinumrandung und drehte sich in Richtung Wasser: „Nichts, das ist es ja!" Er senkte seinen Kopf und stützte sich mit beiden Armen ab.

„Ich weiß!" sagte Maren plötzlich und lachte: „Du hast ein schlechtes Gewissen, das ist es!"

„Vielleicht…"

„Du bist süß! Das hatte ich beim ersten Mal auch, das schlechte Gewissen, aber das gibt sich, glaub mir!" Maren war ganz nah an Olaf herangekommen und umfaßte ihn von hinten mit ihren Armen. Er spürte die Berührung ihrer Hände auf seinem Bauch. Dann gab sie ihm durch einen sanften Druck zu verstehen, daß er sich zu ihr drehen sollte, was er auch widerstandslos tat. Ihre Hände wanderten zu seinen Armen und legten sie um ihre Hüften. Dann schlang sie ihre Arme um seinen Hals. Sie küßte ihn.

„Und, hat es dir gefallen?"

„Ja, hat es."

„Da ist noch mehr", sagte sie und schob seine Hände runter bis zu ihrem Po. Olaf hielt einen Moment inne. „Was ist?" fragte sie.

„Nichts, gar nichts!" sagte er und ließ seine Finger über ihren Po kreisen. Sie hatte inzwischen begonnen, mit ihren Händen seinen Körper entlang zu wandern. Ihre Berührungen gefielen ihm. Sie erregten ihn. Er drückte mit seinen Fingern fester zu. Es schien ihr zu gefallen, denn sie intensivierte ihre Berührungen und ihr Mund verschloß seinen. Und auch das gefiel ihm. Er drückte seine Hände fest in ihren kleinen, runden Po. Ja, es fühlte sich gut an, sehr gut. Er spürte, wie ihre Hände sein Hemd öffneten und dann unter ihm verschwanden und abwärts wanderten. Er ließ seine unter ihrer Bluse verschwinden. Er spürte ihre Brüste. Auch sie trug keinen BH und das, was er da mit seinen Fingern bearbeitete war größer, als es den Anschein gehabt hatte. Er vergaß, wo er war und mit wem er hier war. Marens Hände taten ein Übriges. Seine Gedanken hatten aufgehört zu kreisen für den Augenblick. Es gab nur das, was er an seinem Körper spürte und das, was er durch die Berührung ihres Körpers aufnahm.

„Da Petra! Da ist Tilo, was macht der denn hier? Dann muß Olaf auch irgendwo in der Nähe sein."
Ilona stürmte in Tilos Richtung.

„Ilona, warte doch!" rief Petra und versuchte, ihr zu folgen.

„Was machst du denn hier und: Wo ist er?" Ilona stand breitbeinig vor Tilo.

„Wo ist wer?"

„Wer schon: Olaf!"

„Weiß ich doch nicht!"

„Aber, er ist hier, oder?"

„Klar ist der hier!"

„Ich wußte es!" sagte Ilona und schaute ihn wütend an. „Warum bist du hier?"

„Warum sollte ich denn nicht hier…" Tilo hatte Petra entdeckt. Er starrte sie an. „Wer, wer ist denn das?"

„Das ist Pit!" sagte Ilona, „meine Freundin."

„Pit wie Pit?" Tilo starrte sie noch immer an. Er ließ Marina los und wollte Petra zur Begrüßung umarmen.

„Vergiß es!" sagte sie knapp und drückte ihn auf die Beetumrandung zurück. Sehr zur Freude von Marina, die sich von den beiden Ankömmlingen gestört fühlte und nicht beabsichtigte, ihre neueste Eroberung mit irgendjemandem zu teilen.

„Ja, denn: ich bin Tilo."

„Habe ich schon mitbekommen."

„Und das ist Marina, die ist von, aus Cuxhaven; kommst du auch von hier?"

„Nein, Pit ist aus Berlin!" sagte Ilona.

„Aus Berlin, ach so, tolle Stadt."

„Warst du schon mal da?" wollte Petra wissen.

„Nicht direkt, aber, man sieht ja, im Fernsehen und so. Sieht man sehr viel."

„Verstehe."

„Und ihr kennt euch von der Schule?"

„Tilo! Pit ist aus Berlin!" Ilona schüttelte ihren Kopf.

„Ach ja. Und sie ist ja auch zu alt."

„Zu alt?" Petra sah Tilo an.

„Ich meine, ihr könnt ja nicht in einer Klasse sein, weil…"

„Weil?" fragte Petra.

„Weil, der Altersunterschied eben!" sagte er und starrte dabei ununterbrochen auf Petras Brust, deren Form sich unter ihrem dunkelblauen Top deutlich abzeichnete.

„Und, wo ist er nun?" Ilona sah Tilo an.

„Möp…möchtet ihr euch nicht setzen, hier!" Er deutete auf die freie Fläche an seiner einen Seite. „Er kommt bestimmt gleich, gleich wieder, bestimmt."

„Na gut." Ilona setzte sich neben Tilo. „Und wenn er nicht kommt?"

„Er kommt, er ist nur Getränke holen, da hinten, mit, na, wie war doch noch gleich – egal, jedenfalls ist er schon eine ganze Weile weg. Ah, da kommt Helmar. Helmar, wo habt ihr denn Olaf gelassen?"

„Keine Ahnung", sagte Helmar. Dann entdeckte auch er Petra: „Aber hallooo! Wen haben wir denn da!" Helmar war mit Ole zurück zu den anderen gekommen.

„Ich bin Ilona!"

„Sehr schön", sagte Helmar, „aber ich meinte eigentlich dich!" Er zeigte auf Petra.

„Das ist Pit", sagte Ilona, „meine Freundin."

„Na das ist ja toll und wer bist du noch gleich?"

„Ilona…"

„Das ist die kleine Schwester von Olaf!"

„Ich bin nicht klein, Tilo!" sagte Ilona und stand auf.

„Wollt ihr ein Bier?" Helmar sah Ilona und Petra an.

„Darf ich, Petra?" Ilona sah Petra flehend an.

„Von mir aus, warum nicht!"

„Danke!" Ilona strahlte.

„Du auch?"

„Klar!" sagte Petra.

„Komm Ole, Getränke holen!"

„Wieso denn ich?" maulte Ole und sah Petra an.

„Weil ich was Besseres zu tun habe!" sagte Helmar und deutete auf Petra, „also los!"

„Ja, von mir aus, bis gleich denn!" sagte er und ging unwillig Richtung Getränkewagen.

„Will jemand tanzen?" fragte Helmar.

„Ja, gerne!" sagte Ilona und strahlte Helmar an.

„Ich dachte... Gut, dann komm", sagte er und

verschwand mit Ilona auf der Tanzfläche.

„Wo ist denn die Kleine?" sagte Ole, als er mit dem Bier zurückkehrte.

„Die ist mit Helmar auf der Tanzfläche", sagte Petra.

„Mit Helmar?" Ole lachte: „Ist die nicht ein bißchen jung für ihn? Na, egal, der nimmt halt jede. Ich bin da schon etwas anspruchsvoller." Er lächelte Petra vielsagend an: „Hier, dein Bier!" Ole prostete ihr zu.

„Danke", sagte sie knapp.

„Wollen wir auch?" Ole sah Petra an und deutete auf die Tanzfläche. Er hatte ihre Größe und wenn da nicht seine glatten, dunklen Haare gewesen wären, hätte er der jüngere Bruder von Patrick Swayze sein können.

„Nein, eigentlich nicht", sagte sie zögernd.

„Ein Tanz. Nun komm schon oder tanzt man nicht, da, wo du herkommst!"

„Doch, tut man. Gut, ein Tanz." In ihrem Innern sträubte sich etwas dagegen, aber trotzdem folgte sie Ole. Es war immerhin besser, als die ganze Zeit nur rum zu stehen und sich vielleicht nochmal dumm von diesem Helmar anmachen zu lassen.

Wo war Olaf? Sie war zur verabredeten Zeit mit Ilona am Eingang des Kurparks gewesen. Nachdem sie zwanzig Minuten vergebens gewartet hatten, hatten sie beschlossen, im Innern nach Olaf Ausschau zu halten. Aber, sie hatten ihn nicht entdeckt. Dieser Tilo war da und er hatte eine Begleitung, so wie Olaf es gesagt hatte. Aber, sie fragte sich, wen Tilo gemeint hatte, als er gesagt hatte, daß Olaf Bier holen war. War Olaf auch in Begleitung? Ein flaues Gefühl breitete sich in ihrem Magen aus. Sie schaute sich immer wieder um und hoffte, Olaf irgendwo zu entdecken, während sie sich zu „Because the night" auf der Tanzfläche bewegte. Aber Olaf war und blieb verschwunden. Ole dagegen schien sehr angetan von ihr zu sein. Er ließ das auch deutlich erkennen. Dem ersten Tanz folgten zwei weitere. Dann hatte der Discjockey beschlossen, eine Schmuserunde einzulegen. Diese Chance wollte sich Ole nicht entgehen lassen. Er wollte Petra an den Hüften umfassen.

„Danke, aber ich brauche eine Pause, später vielleicht!" sagte sie und ließ ihn auf der Tanzfläche stehen.

„Ja, später! Ich komm drauf zurück!" rief ihr Ole hinterher.

Petras Bier wäre inzwischen warm gewesen, wenn Tilo sich nicht seiner erbarmt hätte.

„Hey, was ist das?" sagte Petra und hielt ihm ihren leeren Becher hin.

„Leerer Bierbecher!" sagte Tilo.

„Ja, mein leerer Bierbecher!"

„Ach so? Dann mußt du dir einen neuen holen, oder?"

„Ich hol dir noch eins!" sagte Ole, der sich unbemerkt an Petras Seite begeben hatte.

„Danke, aber das kann ich auch alleine!" sagte sie und wandte sich Ilona zu, die inzwischen mit Helmar wieder bei den anderen eingetroffen war: „Willst du auch noch eins, Ilona?"

„O ja, super!" sagte Ilona und klatschte in die Hände. Petra machte sich auf den Weg zu dem Getränkewagen, ohne Ole weiter zu beachten.

„Wenn du Olaf siehst, sag ihm, daß er sich beeilen soll, wir verdursten allmählich!" rief Tilo ihr noch hinterher.

„Ist die immer so, Tilo?" wollte Ole wissen.

„Wer?"

„Die Pit!"

„Keine Ahnung, kenne sie nicht näher, mußt du Ilona

fragen, ist ihre Freundin."

„Die Kleine?"

„Genau die!"

„Na, dann werde ich das mal tun!" sagte er und gesellte sich zu Helmar und Ilona.

„Und wo ist Olaf?" Ilona sah Petra an, die mit zwei Bechern Bier vor ihr stand.

„War nicht mehr da", sagte sie und ließ sich neben den anderen auf der Umrandung nieder.

„Na, wir brauchen ihn ja auch nicht!" sagte Ilona und sah Ole und Helmar an, zwischen denen sie saß.

„Genau, Ilona, so ist es richtig!" sagte Helmar und klopfte ihr auf die Schulter. „Willst du nochmal tanzen?"

„Gerne! Kommst du mit, Petra?"

„Ja!" sagte Petra, „willst du?" sie sah Ole an.

„Ich?" sagte er überrascht.

„Ja, du!"

„Sofort!" Er sprang auf und seine Augen leuchteten.

„Was ist?" sagte Olaf. Maren hatte sich von ihm gelöst.

„Ich glaube, wir müssen langsam zu den anderen zurück!"

„Müssen wir?" Olaf zog sie wieder an sich und küßte sie.

„Ja, meine Eltern holen mich ab, du verstehst?" Olaf verstand. „Wir können das ja ein anderes Mal fortsetzen, wenn du willst!" Sie drückte ihren Oberkörper gegen seinen.

„Ja, warum nicht!" sagte er.

„Morgen vielleicht…"

„Vielleicht…" Ihre Lippen berührten sich wieder und ihre Hände wanderten über den Körper des anderen.

„Morgen!" sagte sie und zog ihn hinter sich her. Olaf

schaute auf das Mädchen vor ihm. Er wußte nicht, ob er sie bewundern oder verachten sollte. Sie war ein kleines, ausgekochtes, scheinheiliges Luder. Aber sie war auch ein junges, attraktives Mädchen auf dem Weg zu einer Frau.

Olaf und Maren hatten den Getränkewagen erreicht, als Maren meinte:

„Hol doch noch was zu trinken, ja?"

„Zwei Bier?"

„Nein, ein Bier und eine Cola, du verstehst?"

„Ja, deine Eltern, oder?"

„Stimmt!" sagte sie und küßte ihn. Olaf bestellte die Getränke und dann kehrten sie zusammen zu den anderen zurück.

Es waren noch immer viele Leute auf der Party, wenn es auch nicht mehr so voll war, wie am Anfang.

Jens und Ina saßen jetzt nebeneinander etwa da, wo er mit Maren gesessen hatte. Helmar unterhielt sich mit Marina. Tilo war nicht zu sehen.

„Mensch, Alda! Da bist du ja!" Etwas mit Tilos Stimme hatte ihn von hinten angesprungen. „Wir hatten schon darüber nachgedacht, Suchtrupps los zu schicken! Alda, wo warst du denn?" Tilo ließ seinen rechten Arm auf Olaf Schulter herunter krachen.

„Ich…" begann Olaf.

„Egal, du hast was versäumt!"

„Ja, was habe ich denn versäumt? Wie du nach deinem zwanzigsten Bier in das Beet gefallen…" Das nächste Wort blieb Olaf im Halse stecken: „Pe…, Petra?" brachte er hervor.

„Ihr kennt euch?" Tilo sah erst Olaf und dann Petra an.

„Ich, ich hab´ sie mitgebracht!" hörte Olaf eine ihm gut bekannte Stimme.

„Ilona! Du bist auch hier?"

„Natürlich, du stellst Fragen!"

„Das, das ist meine kleine Schwester!" Olaf sah Maren mit einem undefinierbaren Blick an.

„Wissen wir doch!" sagte Ole, der hinter Petra erschienen war. Noch ein Bier?" Er sah Petra an.

„Gerne, Ole!" sagte sie und schenkte ihm ein Lächeln. „Ja, Ilona hat mich mitgenommen – oder eigentlich, ich eher sie!"

„Ja und jetzt, jetzt seid ihr hier, hier also. Seid ihr schon lange hier? Ich meine, wann seid ihr denn gekommen?" Olaf starrte Petra an und wußte nicht, was er tun sollte. Da war sie und da war dieser Ole, den sie angelächelt hatte und von dem sie sich ein Bier holen ließ – und da war Maren, die mit ihrer Cola auf der Beetumrandung saß und auf ihn und ihre Eltern wartete. „Wenn sie nur schon da wären!" sagte er.

„Wer?"

„Äh, was?" sagte er und schaute Petra an.

„Du sagtest: Wenn sie nur schon da wären. Wer?"

„Na, die Vögel!"

„Vögel?"

„Vögel? Was für Vögel?"

„Du hast Vögel gesagt!"

„Ich? Vögel? Warum sollte ich?"

„Ilona, ich glaub, deinem Bruder geht es nicht so gut! Wir sollten ihn nach Hause bringen!" sagte Pit.

„Nein, nicht jetzt! Es ist gerade so schön!" Ilona saß inzwischen neben Tilo und fühlte sich wie im siebten Himmel. „Du kannst ja auf Olaf aufpassen solange!" sagte sie und ihr Blick ging in Tilos Richtung.

„Auf ihn aufpassen, ja", sagte sie mit einem seltsamen Unterton in der Stimme.

„Hier, dein Bier!" Ole war zurück und wollte Petra einen Becher reichen.

„Ole, tut mir leid, ich muß dich mal einen Moment alleine lassen!" sagte sie.

„Ja, kein Problem, ich bin da hinten! Aber, beeil dich, ja?" Beim Gehen berührten seine Hände die Hüften von Petra und drückten sie leicht.

Olaf glaubte nicht, was er gesehen hatte. Er merkte, daß er schwankte.

„Olaf?" Petra und Maren waren sofort bei ihm und stützten ihn: Petra rechts und Maren links.

„Laß nur, ich mach das schon!" sagte Petra.

„Mach dir nur keine Mühe, ich schaff das schon!" Maren und Petra schauten sich in die Augen und man hörte das Knistern förmlich und sah die Funken sprühen.

„Es geht schon wieder." Olaf fühlte sich elend. Ziemlich elend. Die beiden führten ihn zu der Beetumrandung und nun saß er da, zwischen Petra, die ihren rechten Arm auf seine linke Schulter gelegt hatte und Maren, die ihren linken Arm auf seiner rechten Schulter liegen hatte.

Es war aus. Alles war vorbei. Er wußte, das Petra etwas ahnte und er wußte, daß Maren gemerkt hatte, daß zwischen ihm und Petra mehr war, als zu sein schien. Das, was Maren dachte, konnte ihm gleichgültig sein, denn er war für sie nur ein Ferienflirt, eine Episode, eine Gelegenheit, das hatte sie ihm deutlich zu verstehen gegeben. Ja, er war von ihr überrumpelt worden, von ihrer Art, die so ganz anders war, als alles, was er bisher gekannt hatte. Und er war überrumpelt worden von ihrer Ehrlichkeit. Aber das konnte er nicht mehr ungeschehen machen. Olaf befürchtete, daß Maren die Situation zu ihren Gunsten ausnutzen würde. Sie hatte ihn quasi in der Hand. Er war ihr Gefangener. Und Petra? Was sollte er ihr sagen? Wenn sie sich mit den Leuten unterhalten hatte, dann wußte sie, daß Tilo und er hier mit Marina und Maren rumgehangen hatten. Er hatte sie angelogen. Er fragte sich, wie lange sie schon hier war. Hatte sie ihn und Maren zusammen gesehen? Aber selbst, wenn sie das nicht getan hätte, Marens Verhalten war eindeutig. Jeder würde daraus den Schluß ziehen, daß er und sie sich nicht nur über ihre Lieblingsgetränke unterhalten hatten. Er könnte versuchen, alles auf Tilo zu schieben und das wäre nicht einmal so falsch aus seiner Sicht: Schließlich war es wirklich er, der das alles angeleiert hatte. Aber Olaf hatte mit gemacht. Niemand hatte ihn gezwungen und er hatte nicht wirklich viel Widerstand entgegen gesetzt. Andererseits schien Petra sich nicht sehr lange Gedanken um Olaf gemacht zu haben: Dieser Ole hatte sich augenscheinlich schon eine ganze Weile mit ihr befaßt und sie auch mit ihm.

„Bier! Kann ich noch ein Bier!" rief Olaf. Vielleicht half das. Und, wenn es nicht half, zumindest schadete es nicht.

„Warte, ich gehe!" sagte Maren.

„Ich gehe, du kannst ruhig hier bleiben!" sagte Petra und warf Maren einen giftigen Blick zu.

„Hmm, wenn du meinst! Dann bring mir aber eins mit!" sagte Maren.

„Gerne, aber darfst du denn schon?"

„Natürlich! Und: Ich kann es mir auch erlauben!" Sie ließ ihre Arme an den Seiten nach unten gleiten.

„Stimmt!" Petra betrachtete sie eine ganze Weile: „Soll ich zwei für dich bringen?"

„Ich kann ja deins mit trinken!"

„Laßt mal, ich geh schon selber!" sagte Olaf, der sich erhoben hatte.

Er war nicht betrunken, trotzdem schwankte er noch immer leicht. Er wußte nicht, was mit ihm geschehen war. Warum war er nicht in der Lage, einfach zu sagen:

„Das ist Petra, wir sind zusammen." Ihm konnte es doch egal sein, was die anderen dachten. Die Cuxhavener sah er wahrscheinlich sowieso nicht wieder nach dieser Reise und Tilo und seine Schwester, die mußten es früher oder später sowieso erfahren. Ja, er würde es allen sagen – oder? Es war so endgültig dann. Vielleicht war es doch das, diese Endgültigkeit. Das Unausgesprochene hatte etwas von Ewigkeit ohne endgültig zu sein. Vielleicht war er noch nicht bereit für diese Art von Beziehung, er war erst siebzehn! Vielleicht deshalb das mit Manuela und jetzt das mit Maren. Aber warum dann seine Reaktion, als dieser Ole Petra berührte? Er hatte es nicht ertragen können. Es war wie ein Stich in sein Herz. Doch hatte er, gerade er, das Recht, Petra etwas vorzuwerfen?

„Drei Bier!" sagte er und machte sich auf den Rückweg.

„Wo, wo sind sie?" sagte Olaf panisch und schaute auf die Stelle, an der er Petra und Maren zurück gelassen hatte. Da stand er mit seinen drei Bier und weder Petra noch Maren waren da. „Sie werden sich doch nicht?" er sah sich um, konnte aber keine von beiden entdecken. „Tilo!" rief er und sah sich um. Tilo saß noch immer zwischen Marina und Ilona auf der Umrandung. „Tilo, hast du..." Tilo löste sich von seinen Gesprächspartnerinnen:

„Ah, Bier, für uns, das ist nett!" Ehe Olaf reagieren konnte, hatte Tilo ihm die Becher abgenommen und sie an sich, Marina und Ilona verteilt. „Und du willst keins? Du überraschst mich! – Äh, wo sind denn?" Er deutete auf Olafs linke und rechte Seite.

„Das wollte ich dich gerade fragen!"

„Mich?" Tilo sah ihn verständnislos an.

„Ja, dich!"

„Was habe ich denn damit zu tun! Ich kann schließlich nicht den ganzen Abend auf dich aufpassen. Und: Du siehst, ich bin beschäftigt!" Tilo setzte sich und drückte seinen Mund auf den von Marina. Er wandte sich wieder dem Erwerb von Speichelflüssigkeit zu. Olaf bemerkte, daß Tilo seine rechte Hand um die Hüfte von Ilona gelegt hatte und eine ihrer Hände sich über Tilos Knie bewegte.

„Ilona!" sagte er. Sie schaute ihren Bruder mit großen grünen, unschuldigen Augen an:

„Was?"

„Ich hoffe, du weißt, was du da machst!"

„Ich bin fast vierzehn!" sagte sie. Olaf schüttelte seinen Kopf und setzte sich neben seine Schwester. Trotz allem, war sie es, seine Schwester und er fühlte sich verantwortlich für sie.

„Ilona, du bist gerade dreizehn!"

„Und?"

„Tilo ist so alt wie ich!"

„Das weiß ich doch."

„Dann weißt du auch, daß man mit siebzehn nicht nur Händchen halten will!"

„Natürlich weiß ich das. Ich hab´ auch schon einen Jungen geküßt!" sagte sie stolz.

„Wen? Papa?"

„Nein, einen richtigen!"

„Gut, dann paß auf, daß es beim Küssen bleibt! Ich will noch nicht Onkel werden!"

„Onkel? Du spinnst ja – und du kannst es mir nicht verbieten!"

„Verbieten, ich, dir? Was kann ich dir nicht verbieten?" Olaf war überrascht über die Reaktion seiner Schwester.

„Egal, du kannst es nicht!"

„Ich will dir doch nichts verbieten!"

„Aber du warst so sauer!"

„Ich war nicht sauer, ich habe mir nur Sorgen gemacht!"

„Das ist lieb von dir!" Ilona lächelte und gab ihrem Bruder einen kleinen Kuß auf die Wange. Er vergaß für einen kurzen Moment Petra und Maren.

„Ja, ich geh dann mal wieder!" sagte er, „aber geh nicht alleine nach Hause!"

„Nein, Petra bringt mich!"

„Petra? Weißt du denn, wo sie ist?" In seine Augen kehrte der Glanz zurück.

„Nein, keine Ahnung. Ich habe da nicht so drauf geachtet", sagte sie und ihr Gesicht nahm eine Spur von Rot an. Olaf verstand.

„Schon gut, Ilona", sagte er. „Hey!" Er zog Tilos Kopf nach oben. „Du entschuldigst kurz, ja?" sagte er zu der überraschten Marina.

„Was ist? Was soll das, Alda? Tickst du noch!"

„Ja, ich ticke noch! Paß auf: Nur küssen, nicht mehr, verstanden?" Er deutete auf Ilona.

„Ich weiß nicht, was…"

„Nur küssen", wiederholte er. Tilo zog seinen Arm zurück und sagte:

„Ja, verstanden, verstanden."

„Den", Olaf zeigte auf Tilos Arm und näherte sich mit seinem Mund seinem Gesicht, „den kannst du liegen lassen und den wirst du liegen lassen", flüsterte er ihm ins Ohr, „aber wenn du auch nur daran denkst…"

„Alles klar, alles klar!" Tilo sah ihn flehend an.

„Dann ist ja alles gut, Alda!" Er ließ Tilo los und machte sich auf die Suche nach Petra und Maren.

Maren war von ihren Eltern abgeholt worden, als er gerade zum Bierwagen war, das erfuhr er von Jens und Ina.

„Ach, das soll ich dir geben, hätte ich beinahe vergessen. Von Maren." Ina hielt Olaf einen zusammen gefalteten Zettel hin, den er wortlos nahm und in einer Tasche seiner Jeans verschwinden ließ, ohne einen Blick darauf zu werfen.

„Und Petra?"

„Petra?" Ina sah ihn fragend an.

„Na, die andere, die mit den gelockten Haaren!"

„Ach, die aus Berlin."

„Genau, die."

„Weiß nicht. Du, Jens?"

„Nein. Die saß da hinten und auf einmal war sie weg; kurz nach Maren, glaube ich – oder?" Er sah Ina an.

„Ja, so ungefähr. Ist nach da hinten!" Sie zeigte in Richtung Getränkewagen.

„Ach so. Danke denn." Olaf bewegte sich in die Richtung, in die Ina gezeigt hatte.

Petra war und blieb verschwunden. Er hatte den Brunnenhof nun schon das dritte Mal umrundet. Auch bei den Getränken hatte er sie nicht entdecken können. Er machte sich Sorgen. Sorgen um sie und Sorgen um sich. Schließlich sah er sie: Sie stand unweit der Stelle, an der er mit Maren gestanden hatte. Und, sie war nicht allein. Dieser Ole war bei ihr, sehr nah bei ihr. Er hatte seine Arme um ihre Hüften gelegt. Sie hatte ihre um seinen Hals geschlungen und jetzt küßten sie sich. Olaf stand wie erstarrt. Die beiden waren keine zehn Meter von ihm entfernt. Es war Petra und es war Ole. Da gab es keinen Zweifel. Selbst ohne seine Brille konnte er sie klar und deutlich erkennen. Er war unfähig, sich zu rühren. Er starrte auf die beiden.

„Olaf! Mensch, da bist du ja! Die suchen dich!" Olaf hatte einen Schlag auf seiner rechten Schulter gespürt und sah sich um:

„Jens?" sagte er.

„Ja, ich bin es, was ist los mit dir?"

„Nichts, nichts!" sagte Olaf. Petra hatte ihren Kopf ruckartig in Olafs Richtung bewegt, als sie seinen Namen gehört hatte. Er fühlte ihren Blick und er spürte, wie die Tränen über sein Gesicht liefen.

„Olaf, komm, sie warten!"

„Ja, sofort, bin sofort da!" Er starrte Petra an und sie hatte ihren Blick auf ihn gerichtet. Dann drehte er sich um und folgte Jens.

Als sie am Brunnenhof ankamen, wurden sie von den anderen empfangen.

„Na endlich!" sagte Tilo, „Marina muß los und ich soll sie bringen, du verstehst?"

„Wo ist das Problem: Soll ich euch ins Bett bringen und zudecken?" sagte er gereizt.

„Echt witzig, Alda. Aber, es ist deine Schwester!" er deutete auf Ilona, „und ich wollte sie hier nicht alleine lassen!"

„Sorry!" Olaf ging auf Tilo zu und umarmte ihn: „Viel Spaß noch und: Danke!"

„Alda, alles klar! Bis die Tage!" Tilo gab Marina ein Zeichen und die beiden zogen ab.

„Komm, Ilona, wir gehen!" sagte Olaf.

„Und Petra?"

„Petra?" er zuckte mit den Schultern, „keine Ahnung, die ist alt genug." Er hielt seiner Schwester seine rechte Hand hin und ging mit ihr im Schlepptau ohne sich noch einmal umzusehen Richtung Nordseeallee.

Neunzehntes Kapitel

Es war die schlimmste Nacht, an die er sich erinnern konnte. Er wußte nicht, ob er überhaupt geschlafen hatte. Sein Schlafsack war so durchnäßt, als wenn er draußen im Regen gelegen hätte. Es war vorbei. Aus und vorbei. Alles war aus und er alleine hatte es verbockt. Er hatte sich benommen, wie ein Idiot. Wieder einmal benommen wie ein Idiot. War er nicht fähig, eine Beziehung zu führen? Jedes Mal, wenn es so war, wie es sein sollte, war er es, der es versaute. Das war mit Petra so und das war auch mit Manuela so gewesen…

Olaf öffnete die Augen. Durch das Fenster drang Licht in den Raum. Obwohl die Fenster mit einem Vorhang verhangen waren, war es genug Licht, um die Gegenstände erkennen zu können, die sich in dem Raum befanden. Es war nicht sein Zimmer, da gab es überhaupt keinen Zweifel. Aber, wo war er?

Er versuchte, sich daran zu erinnern, wie er hierher gekommen war: Er war mit Manuela im Kino gewesen. Danach hatte er noch was trinken gehen wollen mit ihr und sie hatte ihn mit genommen, zu sich. Ihre Eltern waren nicht da, sie hatten Wodka getrunken, viel Wodka und danach waren sie auf ihr Zimmer gegangen. Der Rest des Abends zeichnete sich nur sehr undeutlich ab, aber das mußte ihr Zimmer sein, Manuelas Zimmer. Das war die einzige plausible Möglichkeit.

„Nein, ich werde doch nicht?" Olaf tastete vorsichtig mit der Hand über die Bettdecke: „Nein!" Ihm wurde warm, sein Herz schlug schneller. Er drehte vorsichtig seinen Kopf und was er da neben sich unter der Bettdecke herausschauen sah, ließ sein Herz fast stillstehen: Es war Manuelas Kopf. „Und jetzt? Was jetzt?" Leichte Panik ergriff ihn. Sollte er versuchen, aufzustehen und sich möglichst leise entfernen? Vielleicht träumte er ja noch. Er kniff sich in den Arm. Der Schmerz und die Tatsache, daß sich nichts veränderte sagten ihm, daß er wach war.

Er starrte an die Decke und versuchte, sich den Rest des Abends in Erinnerung zu rufen. Das letzte, an das er sich im Augenblick erinnerte war, daß Manuela sich an seinen Sachen zu schaffen gemacht hatte und er dann mit ihr auf das Bett gefallen war. Der Rest blieb im Nebel.

„Hallo", hörte er eine Stimme und spürte eine Hand auf seiner Brust, „guten Morgen!" Manuela hatte ihren Kopf in seine Richtung gedreht und ihre Lippen berührten seinen Hals. Ihre Hand wanderte von seiner Brust abwärts. Es gab keinen Zweifel: Er war nackt. Er spürte, wie sich sein Körper anspannte. „Was ist?" sagte sie und schob ihren Körper ganz dicht an seinen heran, um eine Sekunde später auf ihm zu liegen. Er spürte ihren Körper und er spürte die Bewegungen, die dieser Körper machte. Ihre Brüste hingen dicht vor seinem Gesicht, er brauchte nur zuzugreifen und er griff zu. Olaf schloß die Augen. Er war wie in Trance. Alles lief ab, ohne daß er darüber nachdachte. Er wanderte mit den Händen über ihren Körper: ihren Bauch, ihren Po und am Ende hielt er sie auf beiden Seiten an der Hüfte, bis ein wohliges Gefühl durch seinen ganzen Körper ging. „Na also!" sagte sie und ließ sich von ihm gleiten. „Hat es dir gefallen?"

„Ja, hat es."

„Viel Übung hast du nicht, oder?" sagte sie und

zupfte mit ihren Zähnen an seinem Ohrläppchen.

„Ehrlich gesagt, nein, nicht viel…"

„Na, das können wir ja ändern!" Sie begann wieder, ihn zu küssen.

„Von mir aus…" weiter kam Olaf nicht. Der Druck ihrer Lippen an seinem Beinansatz ließ alles um ihn herum erneut versinken.

Als er an diesem Tag nach Hause kam, war er sich noch immer nicht sicher, ab er nicht doch alles nur geträumt hatte. Was passiert war, erschien ihm so unwahrscheinlich, daß es einfach nicht wahr sein konnte. Er ließ sich auf die Couch im Wohnzimmer fallen und schloß die Augen.

Was war passiert? Er hatte mit Manuela geschlafen, oder besser: sie mit ihm. Im Prinzip hatte er nicht viel mehr dazu beigetragen, als da zu liegen und sie gewähren zu lassen. Aber, sie schien ihren Spaß gehabt zu haben, denn es war nicht bei dem einen Mal geblieben. Sie schien unersättlich. Was das für ihn bedeutete, wußte er noch nicht – zumindest hatten seine Eigenaktivitäten ein Ende. Er grinste. Ja, er hatte es genossen. Es war anders, als er es erwartet hatte. Er wußte zwar nicht genau, was er erwartet hatte, aber er wußte, daß es anders war. Es war phantastisch. Es war ein Gefühl, das sich nicht beschreiben ließ und das er vorher nicht gekannt hatte.

Manuela hatte gesagt, daß er sie später anrufen sollte. Das hieß, daß sie ihn wiedersehen wollte. Es war also kein One-Night-Stand für sie. Das zumindest nicht. Was aber war es dann? War sie jetzt seine Freundin, gingen die beiden miteinander? Und was bedeutete das für sein Verhältnis zu Petra? Sie hatte noch nichts von sich hören lassen bisher. Vielleicht würde sie das auch gar nicht tun und er wartete vergebens. Woher sollte er das wissen? Sie war in Berlin und er war in Bochum. Das waren Welten, die sie trennten. Er kannte den alten Spruch: Aus den Augen, aus dem Sinn. Und, wie hätte Tilo gesagt: „Lieber den Spatz in der Hand, als die Taube auf dem Dach!" Und hier war es sogar so, daß das in seiner Hand eine Taube war. Was wollte er mehr! Manuela, *die* Manuela ging mit ihm! Das wertete ihn auf unter seinen Freunden, ließ ihn aufsteigen in der Rangfolge bis nach ganz weit oben. Ja, er war jetzt unangreifbar. Alle würden ihn beneiden und sie würden die Köpfe zusammen stecken und Dinge sagen, wie: „Da, das ist er, der mit dem Manuela geht!" Olafs Gedanken gingen einmal mehr auf Wanderschaft und entfernten sich weit, weit von der Erde. Das Telefon holte ihn auf den Boden zurück:

„Ja? – Manuela, wie schön – nein, noch nicht – ich wollte – gut, ja gut – nein, ich habe nichts vor – klar, gerne und was? – bei dir? – bei mir! – ja, warum nicht – gut, um fünf, bis dann – ich mich auch – ich dich auch!"

Von da an besuchte sie ihn oder er sie täglich. Die meiste Zeit verbrachten sie auf der Couch oder in seinem Zimmer mit dem, was sonst eher Tilos Hauptbeschäftigung war und mit dem, was der sich als seine Hauptbeschäftigung wünschte. Olaf blieb fast keine Zeit für andere Dinge oder für seine Freunde. Manuela nahm ihn völlig in Beschlag. Einzig ab und an trafen sie sich mit den Anderen in der Stadt auf einen Kinobesuch oder einen Abend im Ferrari. Zum Glück waren Ferien. Tilo hatte bis auf einen kurzen Anruf nichts von sich hören lassen und seine Familie meldete sich nur sporadisch in Form eines Anrufes seiner Mutter. Petra hatte nicht geschrieben und nicht angerufen, was ihn in seiner Annahme bestärkte, daß sie nichts mehr von ihm wissen wollte. Er fragte sich zwar immer wieder, warum das so war, aber er war gleichzeitig erleichtert: So mußte er sich nicht verstellen und mußte ihr nichts erklären. Es bestärkte ihn darin, daß er richtig gehandelt hatte in Bezug auf Manuela und es beruhigte sein Gewissen, wenn er mit ihr zusammen war.

So vergingen die Tage und die Wochen. Die letzte Ferienwoche war angebrochen und Olaf und Manuela wollten am Nachmittag zusammen ins Kino gehen. Jeder wußte inzwischen, daß sie zusammen waren. Für seine Freunde war er ein Held. Das er es geschafft hatte, gab ihnen die Hoffnung, daß es auch für sie möglich sein könnte.

Olaf wartete am Platz bei dem Brunnen und Manuela erschien wie immer pünktlich. In ihrem weißen Rock und ihrer weißen Bluse zog sie die Blicke auf sich. Sie war nicht allein. Neben ihr ging ein Mädchen, das Olaf noch nie gesehen hatte. Sie war etwas kleiner als Manuela, hätte aber ansonsten ihre jüngere Schwester sein können. Manuela begrüßte ihn wie immer mit einem Kuß:

„Das ist Petra, meine Cousine!" sagte sie.

„Petra", wiederholte Olaf. Warum ausgerechnet Petra, dachte er. Er hatte lange nicht mehr an sie gedacht, an sie zu denken versucht. Das viel ihm schwerer, als er geglaubt hatte. Sie tauchte immer wieder in seinen Gedanken und seinen Träumen auf. Sie schien ihn zu verfolgen. In Manuelas Gegenwart verschwand sie aber sehr schnell und jetzt brachte Manuela sie selber mit! Sie hatte zwar keine Ähnlichkeit mit seiner Petra, aber der Name reichte aus, um Erinnerungen wach werden zu lassen.

Trotz allem wurde es ein netter Nachmittag. Die drei unterhielten sich hervorragend. Olaf erfuhr, daß Petra mit ihren Eltern auf der Durchreise war und sie im Haus von Manuelas Eltern übernachteten. Deshalb hatte Manuela auch weniger Zeit als sonst, weil sie noch zum gemeinsamen Abendessen erwartet wurden. Petra schlief bei Manuela im Zimmer. Deshalb konnte er auch später nicht zu ihr kommen an diesem Abend. Olaf verstand das und verabschiedete sich nach dem Kino von den beiden. Manuela wollte alles wieder gut machen am nächsten Abend.

„Und, war es schön?" Manuela sah ihn an. Sie lagen in seinem Zimmer auf seinem Bett.

„Ja, sehr…"

„Was ist mit dir?"

„Nichts ist!"

„Du bist so merkwürdig?"

„Die Schule fängt bald wieder an."

„Und?"

„Dann haben wir weniger Zeit."

„Zeit genug, hierfür", sagte sie und küßte seine nackte Brust.

„Ja, hierfür…" Olaf schaute an die Decke. Er wußte nicht, warum er nicht einfach die Zeit genoß, die er mit Manuela verbrachte. Er hatte das Gefühl, daß ihm etwas fehlte, obwohl er doch alles hatte.

„Na, dann ist doch alles in Ordnung!" Manuela küßte ihn weiter unten.

„Nicht, bitte!" sagte er und schob ihren Kopf zur Seite.

„Was ist mit dir – was soll das?" Manuela rückte ein Stück von ihm ab.

„Entschuldige, es ist – ich weiß auch nicht", und dann sagte er das, was er nie hätte sagen dürfen: „Mit Petra, da konnte ich auch reden!"

„Petra? Welche Petra?" Manuela sah ihn an, wie eine

zum Sprung bereite Raubkatze.

„Die kennst du nicht…" sagte Olaf, der gemerkt hatte, daß er einen Fehler gemacht hatte, „die ist…"

„Warst du mit der zusammen mal?"

„Ja, oder nein. Keine Ahnung."

„Keine Ahnung? Sowas weiß man doch!"

„Ich weiß es aber nicht!" sagte er genervt.

„Erzähl doch keinen Müll. Habt ihr miteinander geschlafen?" Manuelas Stimme wurde lauter und aggressiver.

„Nein."

„Nein?" Ihr Tonfall zeigte ihm, daß sie ihm nicht glaubte.

„Nein, haben wir nicht. Noch nicht." Olaf biß sich auf die Zunge.

„Noch nicht? Was heißt denn das? Morgen oder heute, wenn ich weg bin? Bist du etwa noch mit der zusammen?" Manuela war außer sich.

„Nein, sie ist nicht hier, ehrlich!"

„Oh, nicht hier. Das ist aber fein. Welch ein Glück für mich, daß sie nicht hier ist. Und, wann ist sie hier und wo ist sie jetzt?"

„Manuela, bitte…" Olaf näherte sich ihr vorsichtig und versuchte, sie zu berühren.

„Faß mich nicht an!"

„Manu…"

„Versuch es ja nicht!"

„Aber ich…"

„Und ich dachte, du magst mich!"

„Ich mag dich ja auch."

„Mich? Du bist wie alle, du willst doch nur mit mir ins Bett!"

„Eben nicht…"

„Erzähl doch nichts – oder willst du es nicht?"

„Doch, will ich. Das ist doch ganz natürlich!"

„Natürlich – ja? Warum, weil ich große Titten und einen geilen Arsch habe – ist es das?" Sie funkelte ihn an und er sah, daß ihre Augen mehr als feucht waren.

„Auch…"

„Und nur, daß du es weißt: So toll ist das auch nicht mit dir!"

„Mit mir?" Olaf schluckte. Er fühlte sich nackt. Klar, er war nackt, aber auf einmal fühlte er sich auch so. Er nahm die Bettdecke und hielt sie sich vor den Körper.

„Ich kann andere haben, das weißt du. Ich kann jeden haben!"

„Das, das weiß ich, aber ich mag dich wirklich, nicht nur, das…" Er versuchte wieder, sie zu berühren.

„Aber das", sie berührte ihre Brust, „das magst du auch, oder?" Ihre Stimme hatte sich verändert und klang auf einmal sehr weich.

„Ja, das auch", sagte er und seine Hand erreichte ihren Körper. Sie wich zu seiner Überraschung nicht zurück. Im Gegenteil, sie setzte sich auf das Bett:

„Wie sehr magst du es?"

„Sehr, sehr", sagte Olaf und küßte ihre Brüste.

„Dann zeig mir, daß du es sehr, sehr magst!" sagte sie und schlang ihre Arme um seinen Hals. Olaf verstand nicht, was die Veränderung in ihrem Verhalten bewirkt hatte, aber er konnte nicht anders, als das zu tun, was sie von ihm verlangt hatte.

Als er am nächsten Tag zum Kino ging, wo sie sich treffen wollten, fühlte er sich so gut, wie schon lange nicht mehr. Er hatte einen Fehler gemacht, aber er hatte ihn wieder ausbügeln können. Ja, er hatte sich gut geschlagen. Er war stolz auf sich, sehr stolz.

Vor dem Kino warteten die anderen schon. Manuela war noch nicht zu sehen. Er schaute auf seine Uhr: Sie hatte noch zehn Minuten. Als er sich gerade fragte, ob sie ihn vielleicht doch versetzte, sah er sie die Straße rauf kommen. Sie trug eine enge blaue Jeans und eine rote Bluse, die ihre Formen hervorragend zur Geltung brachten.

„Hallo!" sagte Olaf und ging auf sie zu.

„Du Schwein!" rief sie, als sie ihn erreicht hatte und gab ihm eine schallende Ohrfeige. Alle Blicke waren auf ihn und sie gerichtet.

„Was…" brachte Olaf hervor und hielt sich die Wange.

„Das weißt du genau! Geh mir aus den Augen", sagte sie, „und ihr, glotzt nicht so blöd!" rief sie den anderen zu, die sich betreten abwandten.

„Was soll das, Manuela?" Olaf starrte sie an.

„Das war´s für dich!" sagte sie und ließ ihn stehen.

„Aber, Manuela, ich…" stammelte er. Er sah ihr hinterher.

Die anderen waren längst im Kino verschwunden, als er sich auf den Rückweg nach Hause machte. Er wollte sich nur noch verkriechen, in seinem Zimmer, fern ab der Welt.

Er verstand diese Welt nicht mehr. Er machte sich noch Tage lang Gedanken und versuchte immer wieder, Manuela anzurufen. Aber ihre Eltern sagten jedes Mal, daß sie nicht zu sprechen ist. Schließlich gab er es auf. Er hätte sich ununterbrochen ohrfeigen können für seine Dummheit. Dafür, daß er seinen Mund nicht hatte halten können und die Dinge nicht einfach so hatte laufen lassen, wie sie eben liefen. Was er überhaupt nicht verstehen konnte war, daß sie ihn so eiskalt absorviert hatte, nachdem doch am Abend vorher alles wieder in Ordnung gewesen zu sein schien zwischen ihnen. Erst viel später wurde ihm klar, was da abgelaufen war an jenem Tag vor dem Kino: Manuela hatte ernst gemeint, was sie zu ihm gesagt hatte am Vortag, daß es vorbei war für sie. Aber da waren sie in seinem Zimmer und sie waren allein. Wenn er später ohne sie aufgetaucht wäre, hätte es Gerüchte gegeben und man hätte glauben können, daß er mit ihr Schluß gemacht hatte. Das hatte sie nicht zulassen können: Sie war Manuela, sie verließ und wurde nicht verlassen. Das war sie ihrem Ruf schuldig. Das war alles.

Als er sie am ersten Schultag das erste Mal wieder sah, befand sie sich in Begleitung eines großen, breitschultrigen Kerles aus der Abiturklasse. Als sie Arm in Arm an ihm vorbeiliefen, lächelte sie ihm zu…

Ja, so war das, auch das hatte er verbockt, er alleine. Und jetzt wieder, es schien sein Schicksal zu sein: Er hatte alles gehabt, was er jemals hatte haben wollen. Er hatte Petra gehabt. Petra, das war es, was er wirklich wollte. Das war, was er schon immer gewollt hatte. Das wußte er jetzt. Doch jetzt war es zu spät. Selbst, wenn sie noch einmal mit ihm reden sollte, was er bezweifelte, wie hätte er ihr je wieder in die Augen sehen können! In diese wunderbaren großen braunen Augen! Er hatte sie hintergangen, jämmerlich hintergangen – er sie, nicht sie ihn. Das war die Wahrheit. Er hatte mit Manuela geschlafen. Gut, das war, als sie noch nicht wirklich zusammen waren. Das hätte er als Entschuldigung zumindest anführen können. Aber selbst, wenn das so gewesen war und Petra es verstanden hätte – was war mit Maren? Zu diesem Zeitpunkt war er mit Petra zusammen, auch, wenn sie es sich nicht explizit gesagt hatten. Sie waren zusammen, wie man nur zusammen sein konnte, da gab es keinerlei Zweifel. Und er hatte mit dieser Maren rumgemacht, die ihren Freund hinten und vorne betrug. Und er fragte sich, wie weit er gegangen wäre, wenn er sie wiedergesehen hätte. Er hatte es zugelassen, daß sie ihn in ihren Bann gezogen hat. Ihn gefangen hat mit ihrer Art und dem Angebot ihrer Reize. Er kam sich so schäbig vor, schäbig und dumm. Ja, Petra hatte mit diesem Ole rumgemacht. Auch das war nicht richtig in seinen Augen. Aber, warum hatte sie das getan – und: konnte er in seiner Situation überhaupt den ersten Stein werfen? Konnte er überhaupt einen Stein werfen?

Er verließ seinen Schlafsack. Nicht, weil ihm danach war, im Gegenteil. Nein, weil er die Feuchtigkeit nicht mehr ertragen konnte und den Geruch nach Schweiß. Es war noch sehr früh. Alles außer ihm schlief. Olaf ging ins Bad. Das warme Wasser der Dusche tat ihm gut. Es war, als wenn alles von ihm abgewaschen wurde, aller Schmutz und alle Probleme.

Er fühlte sich fast wie neu geboren, als er die Dusche verließ. Aber dieses Gefühl verschwand so schnell wieder, wie es gekommen war: draußen schien die Sonne vom blauen Himmel. Dieselbe Sonne, die all die anderen Tage geschienen hatte. Dieselbe Sonne, die auf ihn und Petra geschienen hatte. Der Tag heute versprach wieder, ein strahlender zu werden. Er hätte mit ihr am Strand entlang gehen oder über das Watt laufen können. Sie hätten in der Nordsee geplanscht oder einfach am Strand im Sand gelegen. Er hätte ihre Haut gespürt, ihre Berührungen, ihre Stimme gehört. Das alles war vorbei. Eine Erinnerung, die irgendwann verblassen würde und dann nicht einmal mehr dies war. Weggewischt von der Zeit. „Unendlichkeit!" sagte er und verschwand im Wohnzimmer.

„Frühstück!" Die Stimme seiner Mutter holte ihn aus einem kurzen, unruhigen Schlaf. „Olaf! Ilona!"

„Ja, Mama, ich komme ja schon!" hörte er seine Schwester rufen.

„Olaf, wir warten!"

„Ja, heute nicht!"

„Olaf!"

„Ich hole ihn, Mama!"

„Du? Na, von mir aus!" sagte Sabine verwundert.

Die Tür des Wohnzimmers sprang auf und eine strahlende Ilona betrat das Zimmer:

„Was ist, kommst du nicht?"

„Mir ist heute nicht so."

„Bist du krank? Mama, Olaf ist krank!"

„Ich bin nicht krank!"

„Was hat er denn?" rief seine Mutter aus der Küche.

„Er ist nicht krank!" sagte Ilona.

„Ich bin nur müde!" Olaf zog sich den Schlafsack über den Kopf.

„Was hat er, Ilona?"

„Er ist müde, Mama!"

„Dann soll er nicht so spät nach Hause kommen!" sagte sein Vater.

„Du sollst dann nicht so spät nach Hause kommen!" sagte Ilona.

„Braucht er eine Tablette?" wollte seine Mutter wissen.

„Nein, ich bin nur müde!" sagte Olaf.

„Er ist nur müde, Mama!"

„Wer ist müde, Ilona?"

„Olaf, Mama!"

„Der ist krank", sagte Sabine.

„Nein, müde, Sabine!" sagte sein Vater.

„Egal, er soll jetzt kommen, es wird alles kalt!"

„Du hast deine Mutter gehört!" rief sein Vater.

„Ja, ich bin ja schon da!" Olaf gab auf. Es war das Beste für ihn, sich in sein Schicksal zu ergeben. Er mußte so normal wirken, wie es nur ging. Das ersparte ihm unnütze Fragen. Nach dem Frühstück würde er versuchen, sich zu separieren.

Ilona war wie aufgedreht. Sie konnte es gar nicht erwarten, Tilo wiederzusehen und Petra von dem Rest des gestrigen Abends zu erzählen.

„Ja, Mama, Olaf hat mich nach Hause gebracht!"

„Dein Bruder? Und Petra? Wolltest du nicht mit der gehen?"

„Bin ich doch auch! Wie versprochen." Sie schaute Olaf an: „Ich mußte Mama und Papa versprechen, daß ich mit Petra gehe, sonst hätte ich nicht gedurft!"

„Und Olaf hat dich nach Hause gebracht?"

„Ja, Mama, hab´ ich doch gesagt!"

„Dann war er also doch da?"

„Natürlich, sonst hätte er mich doch nicht nach Hause bringen können!"

„Wolltest du nicht mit Tilo was machen?" Sabine sah ihren Sohn durchdringend an.

„Ja, mit Tilo, klar."

„Und?"

„Und was?"

„Warum warst du dann doch auf dem Fest?" jetzt durchbohrten die Augen seiner Mutter ihn förmlich.

„Na, weil ich Ilona nach Hause bringen mußte!"

„Du? Das wollte doch Petra machen!" Sabine sah ihren Mann an.

„Also, raus mit der Sprache!" sagte Uwe.

„Na, sonst war doch keiner da, der das hätte tun können!" sagte Olaf kleinlaut.

„Und, wo war Petra?" seine Mutter sah abwechselnd von Ilona zu Olaf.

„Die war dann weg!" sagte Olaf.

„Wieso weg?"

„Das wissen wir doch nicht. Sie war eben nicht mehr da." Olaf zuckte mit den Schultern: „Wir sind doch nicht ihr Kindermädchen!"

„Warum regst du dich denn so auf?" seine Mutter sah ihn an.

„Ich bin nicht aufgeregt!"

„Deine Mutter hat recht: Es macht aber den Eindruck!"

„Und wenn du nicht da gewesen wärst, wie wäre Ilona dann nach Hause gekommen?" In der Stimme seiner Mutter schwang ein leiser Vorwurf mit.

„Ich war aber da. Und außerdem: Ich habe ihr nicht erlaubt, hinzugehen!" Olaf ließ seine Tasse auf die Untertasse knallen.

„Olaf!" sagte sein Vater strafend.

„Schon gut. Aber, ist doch wahr!"

„Ja, aber warum warst du denn nun da?" seine Mutter sah ihn an.

„Du hättest dann doch gleich mit deiner Schwester gehen können, wie es auch geplant war!" Sein Vater setzte seine Tasse vorsichtig ab.

„Papa, ich war mit Tilo, wir, wir wollten eigentlich was anderes machen."

„Ja, ihr wolltet ins Kino, oder?" sagte seine Mutter.

„Kino? Nein, nicht Kino, ist auch egal, Tilo wollte dann doch nicht…", Olaf sah nach unten. „Ihr wißt doch, das mit seinen Eltern, und, und dann wollte ich ihn eben auf andere Gedanken bringen!"

„Warum sagst du das denn nicht gleich!" Seine Mutter machte einen betretenen Gesichtsausdruck.

„Muß ich denn immer alles erklären?" Olaf sah seine Eltern an: „Habt ihr denn gar kein Vertrauen zu mir?"

„Laß gut sein", sagte sein Vater, „ist schon in Ordnung." Er tätschelte seinen Kopf.

„War es denn wenigstens schön?" wollte seine Mutter wissen.

„Ganz toll ,ganz toll!" Ilona zappelte wieder auf ihrem Stuhl.

„Waren denn viele Leute da?"

„Sehr viele!" sagte Olaf knapp.

„Auch Jugendliche?"

„Papa, wir waren da!" Olaf schüttelte seinen Kopf.

„Da waren ganz viele und alle waren sooo nett!" sagte Ilona, „die haben sogar mit mir getanzt!" Sie war noch immer aufgeregt.

„Warum sollten sie auch nicht mit dir tanzen?" Ihre Mutter sah sie an.

„Weil ich so klein bin!"

„Du bist doch nicht klein!"

„Doch, Papa, ich bin erst dreizehn!" sagte sie und sah dabei Olaf an.

„Ja, sie haben sich alle um sie gekümmert, als wenn es ihre eigene Schwester ist, vor allem Tilo!"

„Ja, der war ganz besonders lieb!" schwärmte sie.

„Das ist gut, daß alles so gut gelaufen ist und ihr euren Spaß hattet." Seine Mutter lächelte.

„Ehrlich gesagt, hatten wir uns schon ein paar Sorgen gemacht", sagte sein Vater, „und überlegt, ob wir nicht doch noch vorbei schauen." Olaf und Ilona stoppten gleichzeitig ihre Kaubewegungen und sahen sich an:

„Schade, da hätten wir uns aber gefreut, oder Ilona?"

„Ja, dann hätten wir euch allen vorstellen können!"

„Genau, die Eltern von ein paar anderen waren auch da. Da hättet ihr euch bestimmt gut unterhalten!"

„Wenn wir das gewußt hätten, na, das nächste Mal dann!"

„Ja, das nächste Mal!" sagte Olaf und sah seine kleine Schwester an. Das erste Mal seit Jahren hatte er das Gefühl, daß er und sie sich wieder nahe waren.

„Kommt Petra denn heute?" fragte seine Mutter.

„Keine Ahnung", Ilona zuckte mit den Schultern, „aber Tilo!" sagte sie und strahlte wieder.

„Ja, ihr neuer Lieblingsbruder. Da störe ich nur. Ich geh dann mal!" Er zwinkerte Ilona zu.

„Ja, geh nur, wir kommen auch ohne dich klar!"

„Dann bis später!" Olaf stand auf und verließ die Küche.

„Wo willst du denn hin?" hörte er die Stimme seiner Mutter.

„Weiß nicht, raus!" sagte er.

„Kommst du nachher zum Strand?"

„Vielleicht, Mama."

„Wir gehen um zwei zum Essen!" sagte sein Vater.

„Schon klar. Tschau."

„Dein Bruder ist schon merkwürdig manchmal!" sagte Sabine und nahm sich noch eines der Brötchen.

„Aber manchmal auch nett!" sagte Ilona und ihre Eltern sahen sich fragend an.

Olaf wartete, bis Ilona und seine Eltern das Haus verlassen hatten, dann kehrte er in die Wohnung zurück und ließ sich der Länge nach auf die Couch fallen. Er schloß die Augen. Die helle Sonne und der strahlend blaue Himmel waren unerträglich für ihn. Er wollte alleine sein. Alleine mit seinem Schmerz. Olaf litt und er wollte leiden. Er hatte es verdient. Er war schuldig. Schuldig an dem, was gestern geschehen war. Er allein hatte dafür die Verantwortung zu tragen – nur er, niemand sonst. Das war ihm klar und deshalb hatte er es verdient, zu leiden. Er hatte daran gedacht, zur Pension zu gehen und mit Petra zu sprechen. Er hatte den Drang, sie zu sehen. Er hatte das Gefühl, zu ihr zu müssen. Aber er hätte nicht gewußt, was er ihr sagen sollte. Dann hatte er die Idee, ihr einen Brief zu schreiben, in dem er alles zu erklären versuchte. Zwei Stunden lang hatte er es versucht: Er kam nicht über die ersten beiden Zeilen hinaus. Schließlich hatte er diesen Versuch aufgegeben. Bestärkt wurde er dadurch, daß er sich überlegt hatte, daß er ihr den Brief hätte irgendwie zukommen lassen müssen und er keine Idee hatte, wie er das unauffällig und sicher hätte tun können.

Zum Strand wollte er auf keine Fall: Was, wenn Petra Ilona besuchte oder Ilona Petra mitbrachte. Und was, wenn dieser Ole sie dabei begleitete oder jemand anderes. Niemand außer ihm und ihr wußte von ihnen, also fände es auch niemand merkwürdig, daß Petra mit einem Jungen auftauchen würde. Im Gegenteil, das war die natürlichste Sache der Welt, viel natürlicher, als daß sie ihre Zeit mit einer gerade mal dreizehn Jährigen verbrachte, deren beste Freundin bis vor kurzem ihre Puppe gewesen war oder vielleicht immer noch war. Er war der Einzige, der leiden würde. Und was, wenn seine Eltern oder Ilona ihm davon erzählten, davon, wie Petra Ole kennengelernt hatte und davon, was sie zusammen gemacht hatten und davon, was sie noch alles zusammen unternehmen wollten! Warum sollten sie das nicht tun – sie wußten nichts von seinen inneren Kämpfen, denn sie wußten nichts von seiner Beziehung zu Petra.

Gegen sechzehn Uhr kehrten seine Mutter und seine Schwester zurück.

„Du bist ja da!" sagte seine Mutter, als sie ihren Sohn auf der Couch liegen sah.

„Ja", sagte er knapp.

„Wolltest du nicht zum Strand?"

„Nein, heute nicht, Mama."

„Was machst du?"

„Nichts, Mama, ich denke nach."

„Ach so." Sie schüttelte den Kopf. „Na, ich kümmer mich mal um das Essen. Ilona?"

„Was ist, Mama?" hörte er die Stimme seiner Schwester aus deren Zimmer.

„Hilfst du mir?"

„Ja, gleich!" Olaf war erleichtert, die beiden waren beschäftigt und er konnte sich weiter allein in seinen Schmerz ergeben. Auch die Klingel konnte ihn nicht davon abzuhalten, seine Löcher in die Luft zu starren; es würde sein Vater sein und der bedeutete keine Gefahr für ihn, da er die Angewohnheit hatte, sich erst einmal ein Bier zu nehmen und in das Schlafzimmer zurück zu ziehen.

„Olaf!"

„Was ist denn schon wieder?"

„Tilo ist da!"

„Tilo?" der hatte ihm gerade noch gefehlt.

„Hey, Alda, was geht?"

„Am besten du!" dachte Olaf, sagte aber nur: „Ach, du!"

„Ja, Alda, ich!" Tilo ließ sich in einen der Sessel fallen: „Man, du siehst aber Scheiße aus!" sagte er, als er Olaf gesehen hatte.

„Danke, ich fühle mich auch so", sagte Olaf und drehte Tilo seinen Rücken zu.

„Na, du bist ja wieder gesprächig heute!" Tilo machte eine Pause und lehnte sich zurück: „Aber, wenn du hörst, was ich zu erzählen habe – Alda, dann werden deine Lebensgeister ganz schnell wieder da sein!"

„Bestimmt…"

„Also, nachdem du gestern verschwunden warst mit deiner Schwester; du erinnerst dich doch an gestern?"

„Ja, tu ich!" Und in Gedanken fügte er hinzu: „Du Nervensäge!"

„Gut, dann hör zu und staune und lerne!" Tilo wechselte den Sessel: Er saß jetzt direkt neben der Couch und hatte seinen Kopf so weit zu Olaf herunter gebeugt, wie es ihm möglich war: „Das ist jetzt nur für deine Ohren, Alda!" flüsterte er. Olaf ahnte, was ihm bevorstand. Im Grunde liebte er die Geschichten von Tilo, aber heute hatte er überhaupt keinen Nerv dafür. Er wußte, daß das Tilo aber wenig bis überhaupt nicht interessieren würde. „Also, du warst kaum weg, da ist Marina los, ein letztes Bier holen für uns, du weißt ja, wir wollten los. Ja, und die war kaum weg, da ist diese Pit aufgetaucht…"

„Pit…" wiederholte Olaf, was Tilo falsch deutete:

„Pit, die aus Berlin, die mit dem drallen Unterbau, du weißt schon, oder?"

„Laß mich in Ruhe!" brummte Olaf. Er wollte nichts von gestern hören und schon gar nichts von Petra.

„Jetzt weiß ich, was du hast: Sie hat dich abblitzen lassen, deine Madeleine…"

„Maren!"

„Dann eben Maren. Man, du hast aber auch ein Pech immer!"

„Komm, laß Maren da raus."

„Von mir aus. Die ist sowieso nicht mein Fall, ehrlich, nichts dran, du verstehst?" Obwohl Olaf Tilo aus seiner Position nicht sehen konnte, sah er dessen Gesichtsausdruck genau vor sich, „aber die Pit, die…" und er wußte auch, welche Handbewegungen er gerade machte. Olaf fühlte, wie das Blut langsam in sein Gesicht stieg und sein Herz schneller zu schlagen begann. „Die Pit also, die ist gekommen, hat Ilona gesucht, glaube ich und sah nicht gerade fröhlich aus; aber, du kennst mich ja, ich…"

„Tilo, halt doch einfach die Klappe – bitte!" Olafs Stimme zitterte leicht.

„Ja, ja, kein Ding, ich kann dich ja verstehen, du hast aber auch immer ein Pech. Aber, wenn du erst hörst, paß auf: Die stand dann so vor mir, die Pit, und ich bin hin und hab meinen Arm um sie gelegt und gefragt, ob ich ihr helfen kann, du weißt schon…"

„Tilo!" Olaf preßte sich eines der Sofakissen auf sein freies Ohr.

„Nebenbei: bei der hättest du es versuchen sollen, die ist nicht so prüde wie deine Madeleine, das kannst du mir glauben, die läßt jeden – Ah!" Tilo stieß einen kurzen, spitzen Schrei aus. „Was ist das denn? Spinnst du jetzt völlig?"

Olafs Oberkörper war nach oben geschossen, sein Kopf war herumgeflogen und seine rechte Faust mitten in Tilos Gesicht gedonnert.

„Ej, Alda, Blut! Das ist Blut!" Tilo starrte auf das Blut an seiner rechten Hand, mit der er sich über das Gesicht gewischt hatte. „Halt! Wo willst du denn jetzt hin! Bleib schön hier, ja!"

„Weg! Und versuch ja nicht, mich aufzuhalten – oder willst du noch eine?" Olaf sah Tilo an. Der hob nur seine Hände schützend vor sein Gesicht. „Na also!" sagte Olaf. Er drehte sich wieder um und stürmte zur Tür. Dort stieß er mit Ilona zusammen, die aus der Küche gelaufen kam, weil sie Tilos Schrei gehört hatte.

„Was ist los, warum schreit Tilo so?"

„Frag ihn doch selbst!" Olaf schob seine Schwester zur Seite und ließ die Wohnungstür ins Schloß krachen.

„Was hat er denn?" Ilona hatte das Wohnzimmer betreten.

„Keine Ahnung, der tickt nicht mehr richtig, der Idiot!"

„Tilo, du blutest ja!" rief Ilona erschreckt.

„Was ist denn bei euch los?" hörte man die Stimme ihrer Mutter aus der Küche.

„Tilo blutet, Mama."

„Tilo blutet? Wieso blutet Tilo?"

„Weiß ich nicht, aber ganz doll, komm schnell!" Ilona saß inzwischen auf der Armlehne des Sessels neben

Tilo und hatte ihren Arm um seine Schulter gelegt.

„Wo blutet – meine Güte, Tilo, was ist denn passiert!" Sabine stand in der Tür und starrte fassungslos auf Tilos Nase, aus der noch immer das Blut floß.

„Ach, nichts, Nasenbluten. Nur Nasenbluten, das habe ich manchmal."

„Aber so stark. Warst du schon mal beim Arzt deswegen, Junge? Na komm, wir müssen das Stoppen. Im Bad hab ich alles, kommt!"

„Ja, Mama, wir kommen", sagte Ilona, „hat Olaf das gemacht?"

„Ja, wer sonst!" sagte Tilo aufgebracht.

„Aber warum hat er das gemacht?" wollte Ilona wissen. Tilo zuckte mit den Schultern. Er hatte keine blasse Ahnung, was auf einmal in seinen Freund gefahren war.

Olaf wollte niemanden sehen, nie wieder. Er lief ziellos durch die Gegend. Obwohl er sich ziemlich sicher war, daß sich Tilo das Meiste von dem, was er erzählt hatte wie üblich ausgedacht hatte, hatte er es nicht ertragen können. Es war wie ein weiterer Stich in sein Herz. Und wenn ihn solche Kleinigkeiten schon dazu brachten, auf seinen besten Freund los zu gehen, wie sollte das dann erst werden, wenn etwas Ernsthaftes passierte. Wenn er Petra traf und sie mit jemandem zusammen war dann. Wie sollte das alles überhaupt weitergehen? Petra war noch mehr als eine Woche hier. Sie kannte Ilona und ihre und seine Eltern sahen sich seit der Helogolandfahrt fast jeden Tag. Es war eher unmöglich, ein Zusammentreffen dauerhaft zu vermeiden. Sie konnte ihm jederzeit über den Weg laufen! Er konnte sich doch nicht für den Rest des Urlaubs in der Ferienwohnung verstecken! Und selbst wenn: Sicher war er dort auch nicht, das hatte er ja gerade erst schmerzlich erfahren müssen. Etwas mußte er tun, um sich aus dieser verfahrenen Lage zu befreien. So konnte es jedenfalls nicht weitergehen. Es war keine vierundzwanzig Stunden her und er war jetzt schon ein körperliches und seelisches Wrack. Was würde er in zwei Tagen tun? Hätte er Tilo da tot geschlagen? Er schüttelte sich bei dem Gedanken daran.

Olaf schaute auf: Unwillkürlich hatte ihn sein Weg an den Strand geführt. Er schaute über das Meer: Es war Ebbe. Er zog seine Schuhe aus und krempelte die Jeans hoch. Es war warm, sehr warm. Es war zu warm. Etwas schien in der Luft zu liegen. Aber der Himmel war noch fast blau, als er das Watt betrat. Nur ein paar kleine Wolken zeigten sich am Horizont.

Olaf ging über den Meeresboden und fand sich schließlich weit draußen an einem Priel. Er schaute in das Wasser und dachte daran, wie Petra und er sich im Priel gewälzt hatten. Das war erst vor ein paar Tagen gewesen und doch war es so weit weg, daß es nicht mehr zu fassen war für ihn. Er fragte sich, was wäre, wenn er sich einfach in den Priel stürzte. Wahrscheinlich wäre das Wasser zu flach. Das Meer schien ihm geeigneter für ein solches Unterfangen: Einfach hinlegen und liegen bleiben und sich forttragen lassen von den Wellen. Hinaus, weit hinaus. Irgendwann würde man seinen leblosen Körper finden an der Küste und ihn dann auf Neuwerk auf dem Friedhof für die namenlosen Toten beisetzen. Oder, sein Körper blieb auf ewig verschollen. Auf ewig!

„Ewig kann so kurz sein!" sagte er und wanderte weiter, näher an den Strand heran. Das mit dem Hinaustreibenlassen hatte er aufgegeben für den Augenblick. Die Wolken waren näher gekommen, sie kamen mit dem Wasser. Die Luft war noch schwüler und schneidender. Er hatte das Gefühl, kaum atmen zu können. Weit draußen glaubte er, Blitze gesehen zu haben.

Olaf hatte den Strand erreicht. Viele Leute saßen noch in ihren Strandkörben. Andere begannen schon, ihre Sachen zusammen zu räumen, um den Strand zu verlassen. Er setzte seinen Weg fort. Schließlich fand er sich an der Stelle, wo der Damm begann, der zur Kugelbake führte. Er atmete tief ein und aus:
„Wo alles begann, wird alles enden!" Er sah zum Himmel, der inzwischen ziemlich dunkel geworden war. Die letzten blauen Stellen waren verschwunden und man konnte auch kaum noch einzelne Wolken erkennen. Der Himmel bestand aus einer Mischung von Grau und Schwarz. Der Wind war noch immer warm, sehr warm, aber inzwischen so stark, daß es einige Kraft kostete, gegen ihn anzugehen. Es waren nur noch wenige Menschen unterwegs außer ihm. Die meisten von ihnen kamen ihm schnellen Schrittes entgegen. Er schien der Einzige zu sein, den es nicht weg vom Wasser zog. Er blieb unter der Bake stehen, an dem Ort, an dem er mit Petra gestanden hatte, an dem er glücklich gewesen war. Er schaute nach oben, schloß die Augen und spürte den Wind, der um ihn herum war.

„Ich wußte, daß ich dich hier finde!" Olaf glaubte, Petras Stimme gehört zu haben. Er wähnte sich in einem seiner Träume und ließ sich weiter von dem immer stärker werdenden Wind umspülen. „Du träumst nicht!" Er spürte eine ganz leichte Berührung an seiner Seite. Seine Augen blieben geschlossen. Er war fasziniert von dem, was die Vorstellungskraft bewirken konnte. „Olaf, ich bin da!" Wieder glaubte er, eine

Berührung gespürt zu haben. Er öffnete die Augen:

„Du bist da!" sagte er, an das Wesen gewandt, das neben ihm zu stehen schien.

„Du auch!" sagte es.

„Ja."

„Warum bist du hier?"

„Weil ich nicht weiter weiß. Weil ich nichts weiß und alles anders ist!" sagte er. Er sah Petra an, die er vor sich zu sehen glaubte.

„Ich habe gewußt, daß du hier sein wirst – aber ich hatte Angst, daß du nicht da bist!"

„Warum bist du hier?" fragte er sein Traumbild.

„Weil du hier bist!" sagte es. Olaf hatte die Augen geöffnet und starrte auf das Meer. Der Wind hatte Sturmstärke erreicht und türmte die Wellen zu Bergen auf.

„Ich wollte mit dir reden, heute." Olaf spürte, wie ihn das Wasser der gegen die Brüstung geschleuderten Wellen traf.

„Du bist nicht gekommen!"

„Ich wußte nicht, ob du mich noch sehen willst!"

„Was wolltest du mir sagen?"

„Das ich es jetzt weiß. Jetzt, wo es zu spät ist!"

„Daß du was weißt? Und: Wozu ist es zu spät?"

„Es ist nicht so einfach."

„Es ist nie einfach!"

„Es ist kompliziert."

„Ich habe Zeit."

„Zeit, ja, was ist das: Zeit!"

„Zeit ist jetzt!"

„Ja, jetzt. Und was dann? Wie viel Zeit haben wir?"

„Eine Ewigkeit!"

„Was ist das, Petra? Was ist eine Ewigkeit?" Olaf drehte seinen Kopf und glaubte, Petra zu sehen, die ihren Kopf in seine Richtung gedreht hatte:

„Das", sagte sie, „das könnte eine Ewigkeit sein!"
Olaf sah die Tränen in ihrem Gesicht und er wußte, daß sie auch sein Gesicht herunter liefen.

„Und wenn ich dir sage, daß ich dich liebe?"

„Du hast es noch nie gesagt!"

„Ich habe Angst gehabt."

„Angst, wovor?"

„Angst vor der Endlichkeit, wenn man es gesagt hat!"

„Und, sagst du es jetzt?"

„Willst du, daß ich es sage?"

„Es spielt keine Rolle, ob ich es will!"

„Willst du es?"

„Ich wünsche es mir, aber nur, wenn du es ertragen kannst!"

„Kannst DU es ertragen?"

„Ich ertrage es schon lange!"

„Ich liebe dich!"

„Und ich liebe dich!"

„Und jetzt? Was jetzt?"

„Jetzt ist es eine Ewigkeit!"

Ende

Leseempfehlung

Klaus-Jürgen Sparfeld - Eine Woche und sieben Tage

Zwei Freunde, die ihren Urlaub in Südamerika verbringen, treffen auf zwei Freundinnen, die dies ebenfalls tun. Das Verschwinden von Carlos sowie der Versuch, ein Geheimnis zu entschlüsseln führen zu einer Vielzahl von Verwicklungen.

- **Auf dem Weg ins Abenteuer** - Teil 1 der Trilogie
Abenteuerroman, 132 Seiten, Paperback
Herstellung und Vertrieb: Books on Demand GmbH,
Norderstedt, ISBN 978384 4800685

- **Der Weg zum Sternenhaus** Teil 2 der Trilogie,
Abenteuerroman, 140 Seiten, Paperback
Herstellung und Vertrieb: Books on Demand GmbH,
Norderstedt, ISBN 978384 4806601

- **Der Kreis schließt sich** Teil 3 der Trilogie,
Abenteuerroman, 156 Seiten, Paperback
Herstellung und Vertrieb: Books on Demand GmbH,
Norderstedt, ISBN 978384 4809602

Owe Klajü - Das Nordlicht, das Bier und ich

Die Begegnung mit der 16 Jahre alten Meike, von der eine unerklärliche Anziehungskraft auf ihn ausgeht, führen bei dem 17 Jahre alten Jens, als er ein bisher gut gehütetes Geheimnis aus dem Leben seiner Mutter erfährt, zu einem scheinbar unauflösbaren Widerspruch zwischen dem, was sein Herz und dem, was sein Verstand sagt...

Roman, 198 Seiten, Paperback
Herstellung und Vertrieb: Books on Demand GmbH,
Norderstedt, ISBN 978374 1263316